从舞台到银幕

——莎士比亚戏剧影视化研究

张凤琳 朱婷连 孙化显◎著

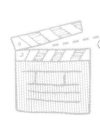

Cong Wutai dao Yinmu Shashibiya Xiju Yingshihua Yanjiu

四川大学出版社
SICHUAN UNIVERSITY PRESS

项目策划：余　芳
责任编辑：余　芳
责任校对：于　俊
封面设计：阿　林
责任印制：王　炜

图书在版编目（CIP）数据

从舞台到银幕：莎士比亚戏剧影视化研究 / 张凤琳，
朱婷连，孙化显著. — 2 版. — 成都：四川大学出版社，
2022.1

（戏剧与影视研究论坛）

ISBN 978-7-5690-4496-6

Ⅰ . ①从… Ⅱ . ①张… ②朱… ③孙… Ⅲ . ①莎士比
亚 (Shakespeare, William 1564-1616) —戏剧文学—电影
改编—研究 Ⅳ . ① I561.073

中国版本图书馆 CIP 数据核字 (2021) 第 012933 号

书名	**从舞台到银幕：莎士比亚戏剧影视化研究**	
著　　者	张凤琳　朱婷连　孙化显	
出　　版	四川大学出版社	
地　　址	成都市一环路南一段 24 号（610065）	
发　　行	四川大学出版社	
书　　号	ISBN 978-7-5690-4496-6	
印前制作	跨克创意	
印　　刷	成都金龙印务有限责任公司	
成品尺寸	170mm×240mm	
印　　张	10	
字　　数	175 千字	
版　　次	2022 年 1 月第 2 版	
印　　次	2022 年 1 月第 1 次印刷	
定　　价	55.00 元	

◆ 读者邮购本书，请与本社发行科联系。
　电话：(028)85408408/(028)85401670/
　(028)86408023　邮政编码：610065
◆ 本社图书如有印装质量问题，请寄回出版社调换。
◆ 网址：http://press.scu.edu.cn

四川大学出版社
微信公众号

前　言

　　说起莎士比亚，没有人会觉得陌生。用今天流行的话来讲，莎士比亚就是一个热门的"知识产权概念"（Intellectual Property，简称IP），是我们取之不尽、用之不竭的宝贵财富。可是时下哪一个热门概念能像莎士比亚的戏剧这样经久不衰，延续几百年而始终如新呢？答案我们不可能知道，但想必是不乐观的。有人说，莎士比亚已经过时了，他的那些悲剧、喜剧、历史剧早已像泛黄了的书页存留在文学、戏剧的历史里，不复昨日的鲜活与光彩。然而莎士比亚真的远去了吗？在光怪陆离的现代社会，在信息碎片化的今天，我们真的不再需要莎士比亚了吗？答案是否定的。不信，看看近几年上映的电影，是不是发现了熟悉的名字？2013年，导演卡罗·卡雷再次翻拍经典作品《罗密欧与朱丽叶》；2015年，贾斯汀·库泽尔执导的史诗巨制《麦克白》全球上映；2016年，英国广播公司（BBC）出品了大卫·科尔执导的电视电影《仲夏夜之梦》……更不用说每年在世界各大剧场上演的莎士比亚戏剧。可见，人们对莎士比亚的热情从未消退，他的作品只是从一种形式变成了更多的形式，从舞台走向银幕，从前工业社会走进后工业时代。

　　如今，电影已经成为我们现代人的一种生活方式，而莎士比亚的戏剧也跨越了戏剧时代，走进了电影时代。本书名为"从舞台到银幕：莎士比亚戏剧影视化研究"，论述的不只是工业时代莎士比亚戏剧的改编情况，而是简要叙述了一段历史，一段莎士比亚作品由戏剧舞台跨越到电影银幕的历史。

　　本书分为五章。第一章是"从戏剧走向电影的莎士比亚"。该章从三个方面对莎士比亚的作品及其电影改编进行了综述。第一节介绍莎士比亚的生平和戏剧

创作；第二节论述莎士比亚戏剧在历史中的演变，也就是从戏剧时代到电影时代的演变；第三节介绍莎士比亚戏剧的银幕新生，即对莎剧的电影改编进行综述。

第二章和第三章是对莎士比亚戏剧改编电影具体文本的分析。第二章是"莎士比亚戏剧的经典改编"，该章首先从理论上论述了戏剧经典与大众文化的关系，接着分析了劳伦斯·奥利弗、奥逊·威尔斯和肯尼思·布拉纳等导演对莎士比亚戏剧所做的经典改编。第三章是"异质文化的融入"，实际上就是莎士比亚戏剧的"另类"改编，其中包括黑泽明对莎士比亚戏剧的本土化演绎、美国迪士尼的动画改编，以及一些对莎士比亚戏剧的现代情感改编。莎士比亚戏剧的异质化介入，代表着莎士比亚作品的时代新变。

第四章是"审美的嬗变"，这一章主要从理论上论述戏剧向电影的转变，认为从戏剧到电影是一场审美的嬗变，它包括电影的美学场景、从话语到形象的审美转变，以及电影语言的意义。

最后一章是"永恒与新变"，总结了莎士比亚戏剧改编的得与失，展望了未来的发展方向。

不管怎样，莎士比亚是说不尽的，所有围绕莎士比亚的论著都只能是一个小小的注脚。对于这座永恒的丰碑，不论是对其作品的电影改编，还是对他的理论探讨，都只是一种尝试，一种与巨人对话的尝试。写作这本书一方面是对当今艺术现象进行探讨，另一方面是出于对莎士比亚的深切崇敬和对他作品的深深喜爱。我们期待更多优秀的电影人对莎士比亚的作品进行全新的演绎，我们也期待每一个时代都能有属于自己的莎士比亚。

目 录
CONTENTS

第一章

从戏剧走向电影的莎士比亚

第一节　莎士比亚的生平与创作

"关于莎士比亚的一切，可以确定的是，他出生于埃文河畔的斯特拉特福，在那结婚生子，之后去了伦敦，开始时做演员，后来写诗和戏剧，然后再回到斯特拉特福，立下遗嘱，在那去世并安葬。"18世纪的莎士比亚学者乔治·史蒂文斯（George Steevens）如此写道。他的评论经常被人引用，其他人也发表过类似的言论。但史蒂文斯有点言过其实，因为从他那个时代起，人们对这位诗人有了很多了解，他的祖先和家庭、他在斯特拉特福和伦敦的生活和经历，许多事实被记录在官方文件中，如法律上的产权文件、纳税评估等。当然，通过这些事实我们虽不可能了解艺术家的内心世界和他全部的生活，然而它们却让文学传记者着迷不已。

莎士比亚的生活背景里并没有什么预示着他将来会从事戏剧创作的线索。他出生在斯特拉特福小镇，一开始经营着父亲的手套生意。然而他的父母认定自己的长子应该受到更好的教育，于是把他送到了镇上的文法学校学习拉丁语。那个时候的中小学教师都认为，要把良好的拉丁语知识灌输到学生的脑子里，最好的办法就是让学生演出古典戏剧，尤其是泰伦斯和普劳图斯的戏剧。[1]虽然没有任何记载表明斯特拉特福镇的教师们曾让学生们演出过戏剧，但1569年莎士比亚5岁时，他做镇长的父亲曾下令付费给两个专业剧团——女王剧团和沃瑟斯特伯爵剧团，请他们演出，两个剧团那时正好巡回演出到了斯特拉特福镇。并且，这个地区的戏剧生活也不是只依靠专业剧团的造访。斯特拉特福镇附近的城镇跟这个国家的其他地方一样，有各种节庆，届时各种同业工会和互助会的成员都会穿上各色服装，上演各类传统剧目。莎士比亚一家是很有可能去观看这些戏剧的。在

1　[美]斯蒂芬·格林布拉特：《俗世威尔——莎士比亚新传》，辜正坤等译，北京：北京大学出版社，2007年，第4页。

每年的节庆活动中，演出场面都特别壮观，这也影响到了莎士比亚后来对戏剧的理解。尤其是那些深深植根于英国中部的民间风俗，对莎士比亚的想象力产生了深远的影响。比如，创作《仲夏夜之梦》时莎士比亚就利用了他童年时代一些最难忘的场面，只是那时的莎士比亚已经懂得用当时伦敦专业的戏剧表演取代传统的业余表演。[1]

18岁时，莎士比亚就与一位年长于他的女人安妮·海瑟薇结了婚。他们是奉子成婚，结婚时安妮已有三个月的身孕。莎士比亚不是普通人，他是一位卓绝非凡的人。因此，人们认为，他被一个同样非凡的女性吸引这样的想法会让他更有面子。不过，无论这个女人是否不平凡，对一位将成为历史上最有名的剧作家的莎士比亚来说，这都是个再平凡不过的开端。他们的女儿苏珊娜（Susanna）出生两年后，莎士比亚有了一对双胞胎，于1585年2月2号在斯特拉特福教堂受洗，两个孩子分别叫作哈姆内特（Hamnet）和朱迪思（Judith）。不久，莎士比亚就几乎从小镇的档案记录中消失了。这些缺失的年份，时常会引起人们对作者身份的质疑。但对此的任何考据都不过是对他作品的颂扬。在这段空白时间，我们不知道他在干什么，但从后面的创作来看，他显然获得了大量的剧院经历。基于这一点，那些说这些作品出自一个毫无剧院经历的贵族之手的说法是很荒谬的，相反，它们出自一个精通专业戏剧的人。

或许是为了生计，或许是妻子的建议，不管怎样，莎士比亚去了伦敦。人们再次听说他的消息是他于16世纪末在伦敦当了一名演员，离开了他的妻子和三个孩子。刚到伦敦的莎士比亚可能受雇于某个剧团，进入了一个相对陌生的活动领域。此时的伦敦，人口迅速膨胀，人们渴求娱乐，剧场的兴起使这些剧团变得有利可图，剧团能表演大部分剧目。但即便是最成功的剧团，想要过上更稳定、以伦敦为中心的生活也并非易事。最初，莎士比亚剧团主要选择在大众公共剧院演出，比如唯一剧院（the Theatre）和后来的环球剧场那样的大型露天剧院。要想获得生存需要的经济条件，在这些大型露天剧场演出的剧团需要时常更换剧目才能吸引足够的观众，所以这些剧团对新剧本的需求量是巨大的。于是，通过自己写剧或者与他人合著，莎士比亚很快就抓住了发展中的大众剧场所创造的机遇。

1　[美]斯蒂芬·格林布拉特：《俗世威尔——莎士比亚新传》，辜正坤等译，北京：北京大学出版社，2007年，第24-27页。

受马洛《帖木儿》的影响，莎士比亚决定像马洛那样写一部史诗，但他要写的是一部英国史诗，它将记载都铎王朝带来秩序之前的动荡年代——15世纪动荡不安的亨利六世统治时期。《亨利六世》是莎士比亚首部获得成功的戏剧，他也因此作为剧作家生存了下来。然而他的成功受到了伦敦剧作家团体的中心人物，也就是那些大学才子们的嘲讽。他们认为莎士比亚是只受过文法学校教育的乡巴佬，几乎不懂拉丁语、法语和意大利语，却敢用素体诗给大众舞台写剧本，进行"艺术尝试"。1593年之后，这个团体中的罗伯特·格林、托马斯·沃森、克里斯托弗·马洛陆续去世。1601年，原作家团体中最年轻的成员托马斯·纳什也去世了，莎士比亚从此没有了劲敌。《亨利六世》之后，他撰写了杰出的剧作《理查三世》。血腥的《泰特斯·安德洛尼克斯》是他尝试创作的悲剧，该剧虽粗糙却有力。同时，他的喜剧才华也渐渐显露，相继写下了《维洛那二绅士》《驯悍记》和《错误的喜剧》。

莎士比亚来到城里，结识了一位赞助人——亨利·里奥谢思利，即南安普顿伯爵三世。在很多人看来，他不只是莎士比亚题献诗歌的对象，还是十四行诗中那个年轻人，可能既是诗人的情人，又是情敌。有不少学者猜测莎士比亚之前创作的一组十四行诗中写的年轻人就是南安普顿伯爵，因为伯爵的私人情况完全符合诗歌中的描述。而且在16世纪90年代，莎士比亚把两首精巧的非戏剧性长诗《维纳斯与阿多尼斯》和《露克丽丝受辱记》题献给了南安普顿伯爵。两首长诗的书信体献词是仅存的莎士比亚献词，它们及其所引出的诗歌都为我们提供了许多关于作者的情况——至少是他希望向伯爵展示的那个侧面的情况。[1]

虽然写作十四行诗、《维纳斯与阿多尼斯》和《露克丽丝受辱记》给莎士比亚带来了丰厚的收益，但莎士比亚仍不想靠赞助人来争取自己的经济利益和艺术前程。于是，在黑死病疫情好转后[2]，他选择重回剧场，并迅速坐上剧坛第一把交椅。1594到1598年，莎士比亚从事的主要是喜剧和新一轮历史剧的创作。1594年，《驯悍记》和《维洛那二绅士》创作完成。《爱的徒劳》在随后一年上演。

1　[美]斯蒂芬·格林布拉特：《俗世威尔——莎士比亚新传》，辜正坤等译，北京：北京大学出版社，2007，第172页。

2　1592年至1593年，英格兰鼠疫（黑死病）肆虐，剧院被迫关门。此时莎士比亚主要从事诗歌创作。1594年鼠疫情况好转，伦敦城里曾经关闭多时的剧场又可以演出，莎士比亚重返剧场。

第二部历史四联剧以1595年的《理查二世》开始，随后一两年中诞生了《亨利四世》（上篇）和《亨利四世》（下篇）。四联剧中的最后一部《亨利五世》创作于1599年。莎士比亚在16世纪90年代后期极为忙碌且多产，创作了一系列杰出的戏剧，经常在宫廷和剧场上演，并逐渐名利双收。然而他的个人生活却遭受重大打击，其11岁的儿子哈姆内特病逝了。很多人指出，在哈姆内特死后四年里，莎士比亚写出了几部最欢快的喜剧——《温莎的风流娘儿们》《无事生非》《皆大欢喜》，但这些剧本并不完全是欢快的，有些地方似乎也折射出了他内心的伤痛。不过，本·琼生等人写过哀悼爱子的悲恸诗句，莎士比亚却没有发表过任何挽诗，也没记载下任何关于他为人父的心情。但不管莎士比亚是痛不欲生还是心境平和，哈姆内特死后，他全身心投入工作。

16世纪末，莎士比亚所在剧团的演出地唯一剧场的场地租约期满，场地所有者不愿续约，最后双方谈判失败，剧场关闭。剧团无奈，转到附近的帷幕剧场演出，但这个地点不太理想，他们的收入明显下降。最后他们铤而走险，采取了一个大胆的方式来解决问题。1598年12月28日的雪夜，剧团成员和十几个工人拆除了唯一剧院（剧团租地时约定他们有权收回地界上建造的任何建筑）。天亮后他们把沉重的木料运到河对岸的玫瑰剧场附近。此后一个月内，巧匠彼得·斯特里特巧妙利用旧剧场的木材，建造了一座能够容纳三千余观众的漂亮的新剧场。他们给新剧场取名为"环球剧场"。莎士比亚是为数不多的几个投资人之一。剧团本可以选择一出轻松娱乐的首演剧目，但他们还是用《裘利斯·恺撒》打头炮。当时，女王可能遭遇暗算的阴云还笼罩在英国人的头上，这部悲剧很合时宜。有了《裘利斯·恺撒》和其他强势剧目，环球剧场大获成功，以至于六个月后把其旁边的竞争对手——玫瑰剧场给挤走了。[1]但对手的离开并不意味着竞争的结束，所以莎士比亚在1600年前后创作《哈姆莱特》时危机感不减。

到1600年，尽管莎士比亚年纪尚轻（只有36岁），但他已经在喜剧、历史剧和悲剧这三种主要体裁上取得了辉煌成就，并且每种体裁的作品都达到了难以超越的高度。他似乎明白自己在历史剧上已经发挥了最高水平，因此再也没有尝试写出超越《亨利四世》和《亨利五世》的历史剧。喜剧方面，虽然后来又写了

1　[美]斯蒂芬·格林布拉特：《俗世威尔——莎士比亚新传》，辜正坤等译，北京：北京大学出版社，2007年，第214-215页。

《第十二夜》，但该剧在喜剧体裁上并没有超越《仲夏夜之梦》《无事生非》和《皆大欢喜》。莎士比亚在悲剧上的成就也已经达到了巅峰。《哈姆莱特》开启了新的一场创作高潮，随之而来的有《奥瑟罗》《李尔王》《麦克白》《安东尼与克莉奥佩特拉》和《科利奥兰纳斯》。

1603年伊丽莎白女王去世，其45年的辉煌统治结束，苏格兰的詹姆斯六世继位，成为英格兰的新国王詹姆斯一世，但莎士比亚和他的剧团并没有受到影响。此时的莎士比亚不但在剧团的宫内演出和面对大众的演出收入中分成，而且还是环球剧场的所有人之一，所有股东缴纳的租金也有他的一份。依靠他超凡的想象力和经营本领，以及不懈的工作，莎士比亚富裕起来了。他本可以轻松支付妻子和孩子在伦敦居住的费用，但也许是出于妻子和两个女儿自己或莎士比亚的意愿，她们仍留在乡间。1597年末，儿子哈姆内特去世一年左右，莎士比亚在斯特拉特福购置了一幢宽大的单层砖木结构的房屋，妻子安妮和两个女儿——14岁的苏珊娜和12岁的朱迪思搬入新居。1602年5月和1605年7月，莎士比亚进行了大笔投资，他在斯特拉特福地区购置了土地和什一产益权（莎士比亚时代的一种农产品投资方式）。此后他不仅是当时成功的剧作家和演员，还成为当地举足轻重的投资商，斯特拉特福的头等公民。[1]1602年至1613年期间，在他创造力无比旺盛的时候，莎士比亚精心积蓄、投资，以便能在晚年不依赖女儿或剧院。

早在1604年，莎士比亚在动笔写《李尔王》时，就有了隐退的考虑。这部悲剧也是他对耄耋之年最深入的思考，其中包括不得不痛苦地放弃权力，丧失住宅、土地、权威、关爱，乃至健全的神志。晚期莎剧中最杰出的《冬天的故事》和《暴风雨》都带有一种暮年沉思的基调。莎士比亚似乎有意在反思自己的事业成就，为自己退休后的生活做准备。莎士比亚是何时离开伦敦的，我们不得而知。也许早在1611年完成《暴风雨》后他就立即回到了斯特拉特福，但他没有断绝与外界的所有联系。他在剧坛不再占据显赫的位置，但还和约翰·弗莱彻至少合写了三部剧：《亨利八世》《两个高贵的亲戚》和《卡迪纽》（Cardenio）（已失传）。

去世前一个月左右，被女儿朱迪思的婚事弄得心力交瘁的莎士比亚立下遗

1　[美]斯蒂芬·格林布拉特：《俗世威尔——莎士比亚新传》，辜正坤等译，北京：北京大学出版社，2007年，第242页。

嘱。遗嘱中涉及妻子安妮的内容显得马虎而冷漠，安妮接受的是那张著名的"次好的床"。但关于女儿朱迪思的内容要仔细、精明得多。苏珊娜夫妇得到了主要的产业，朱迪思得到100磅的嫁妆，这笔钱也很可观，在极苛刻的条件下，她还能得到更多的钱。根据遗嘱的安排，朱迪思还可以得到50磅的嫁妆，但条件是放弃自己将要继承的一份产业。而且，如果她或她的任何子女三年内还在世，可以再得到150磅；如果她去世又无子女，那么她的100磅给苏珊娜的女儿，50磅给莎士比亚仍在世的妹妹琼。他一分钱也没有给朱迪思的丈夫。

1616年4月23日，莎士比亚去世，两天后举行了葬礼，他被安葬在圣三一教堂的圣台内。这符合重要人物的身份。17世纪30年代之前，这里就立有着色的墓碑，上面刻着：

看在耶稣的份上，好朋友，切勿挖掘这黄土下的灵柩；
让我安息者将得到上帝的祝福，迁我尸骨者定遭亡灵诅咒。

第二节　莎士比亚的戏剧：从文艺复兴到当下

一、喜剧：身份的倒错与女性角色

长期以来，人们关注莎士比亚的悲剧和历史剧的热情要远远高于他的喜剧作品，但这无疑是失之偏颇的。关于怎样成为一个人，怎样在社会中生存，怎样处理男女和家庭关系这些问题，莎士比亚正是通过喜剧的方式予以了解答。

16世纪80年代晚期，莎士比亚来到伦敦，先是成为剧团演员，然后开始创作剧本。随着新事业的开始，莎士比亚展露了他与生俱来的才华。《错误的喜剧》是他最早期的作品之一。从他开始写作这部剧的时候起，他就已经是一个有一定戏剧造诣的剧作家了。作为早期作品，《错误的喜剧》的结构出人意料。这是一出滑稽剧，人物的出场、下场都安排得恰到好处。而剧情从头到尾都是讲错误的人出现在错误的地方。这样一部尝试性的作品能达到如此高的水平是相当令人震惊的。尽管莎士比亚的妻子、大女儿和他刚刚出生的双胞胎不在他眼前，但他们肯定没有离开过他的心间。因为这部喜剧中设定的核心就是一对孪生兄弟。这个时期其他作家的戏剧中也时有双胞胎出现，这也许是对古典传统的继承。但是，没有哪个作者像莎士比亚这样对双胞胎感兴趣，从某种程度上说，这是因为他自己有对双胞胎孩子的缘故。莎士比亚不止设定了一对双胞胎，而是两对。所以我们看到，安提福勒斯兄弟各自都有个仆人叫作德洛米奥，他们也是孪生兄弟。这种喜剧、滑稽、身份倒错的效果立刻就加倍了。

早期喜剧中最为优秀、最不可思议、从很多方面来说令现代观众最难理解的作品是《爱的徒劳》，它对时政问题的暗示并非总是清晰明了。这部剧反映了当时富于贵族气派的法国时尚：贵族们离开世俗的世界，回归自己的象牙塔。当然，剧中贵族们的迂腐和沉闷受到了嘲弄，最后年轻的男子们从学院[1]中解散，进行修行，或力行善举。紧随《爱的徒劳》之后的是《仲夏夜之梦》，它与《罗密欧与朱丽叶》都创作于1595到1596年，后者被认为是前者的悲剧性对照。

莎士比亚再次回归双胞胎的主题是在多年后的《第十二夜》中，此时似乎家庭在他心中的分量愈发加重了。戏中的双胞胎，和他自己的孩子一样，是一个男孩和一个女孩——西巴斯辛和薇奥拉，但戏中孪生兄妹的出场是带着不幸的。1596年，莎士比亚的一个孩子——儿子哈姆内特，年仅11岁就去世了。对于他们的父子关系我们所知甚少，但可以肯定的是，儿子在他心目中是有着特殊分量的。对莎士比亚来说，失去儿子无疑是一个巨大的变故。不过，值得注意的是，莎士比亚的戏剧并不明显带有自传性，但其作品对自身的经历和感受的借鉴是毋庸置疑的。《第十二夜》这部苦乐参半的喜剧将兄长的下落不明作为剧情的核心绝非巧合。我们有理由相信，在莎士比亚的唯一儿子、双胞胎之一的哈姆内特去世几年后，他写下这部作品一定不是巧合。剧中妹妹薇奥拉确信她的哥哥遇险失踪了，整部戏就是围绕着这种失落感展开的。这部戏里，喜剧和悲剧成分的重叠是不言而喻的，死亡常常萦绕着喜剧，就如同悲剧的收尾一样。在海上遇险后，薇奥拉的哥哥和看护人很可能都溺水身亡了，为了保护自己，独自身处异国的她决定伪装成男人，向当地的公爵、伊利里亚的总督奥西诺谋求一份差事。《第十二夜》一开始，薇奥拉便打扮成她的哥哥，化名为西萨里奥，成功地在公爵那

1　《爱的徒劳》中纳瓦国君臣四人发誓要清心寡欲，拒绝一切物质享受，不近女色，攻读三年。国王说："我们的宫廷将要成为一所小小的学院，潜心探讨有益人生的学术。"参见[英]威廉·莎士比亚：《莎士比亚全集》（第1卷），朱生豪译，南京：译林出版社，1998年，第223页。

里谋到了差事。在一些喜剧中，一个基本的主题就是，当你来到一个全新的环境或一个危险的环境中时，伪装往往是必要的，伪装变成了一种解放，通过伪装你可能发现自我。但是，不论自我发现如何，喜剧成分大多源于伪装之人所遭遇的麻烦。女扮男装的薇奥拉，不久就爱上了公爵，但她不能表现出来，即便公爵问她谁是她的所爱之人。公爵并不知道眼前的人是女人，而且让事情更复杂的是，他已经爱上另一个女人。这样，就构成了莎士比亚的伟大主题之一——爱上错误的人，或者爱上已经另有所爱的人。这是很危险的，因为它会让你置身于各种奇怪的境况中，把它们经历个遍，然后化解它们，这便是这类戏剧吸引人的地方。公爵奥西诺对他仆人的感受一无所知，他让西萨里奥替他去追求他所爱的那个女人奥丽维娅。让女性角色装扮成年轻男子，一直是一种喜剧手法，但也有实际的优势。在莎士比亚的时代，没有职业女演员，一直到莎士比亚逝世五六十年后，才出现了职业女演员，此前女性角色一直由男演员扮演。如今，在伦敦南部的达利奇学院（Dulwich College）仍然延续着男扮女角的传统。这所学校由莎士比亚同时代的人建立，为17世纪早期的舞台培养了许多男演员。

　　莎士比亚和观众自始至终都知道西萨里奥其实是薇奥拉，这个男孩其实是女孩，但莎士比亚和观众同时也知道扮演薇奥拉的演员是个男演员，这个女孩其实是男孩，所以经常需要模仿异性的嗓音去说话。对于莎士比亚的观众来说，这种模糊性别的手法很吸引他们。莎士比亚时代的观众们，似乎都相当能欣赏笑话，但同时，他们也会很严肃地对待易装的爱情故事。薇奥拉是非常矛盾的，她自己爱着公爵，现在又要劝说奥丽维娅接受公爵的追求。她的处境很有趣，在某些方面她很不自由，她爱上了奥西诺，却受困于伪装，不能表白她的爱意。奥丽维娅也同样受困，而莎士比亚表达得如此巧妙，让两个女人如此相似：她们各自都有个哥哥，奥丽维娅的哥哥死了，她深陷于怀念之中。伪装成西萨里奥的薇奥拉的意外到来，释放了奥丽维娅。她揭开面纱，露出脸，在某种意义上，奥丽维娅被重新唤醒了。奥丽维娅爱上了这个传话的人，而不是公爵。仿佛所有这些错误的身份和错置的爱情还不够复杂，莎士比亚在这部戏里还安排了他最有名和最受欢迎的支线情节之一。莎士比亚的想象力是如此丰富，他在每一部戏里都要穿插设计多种多样的元素。有一些表面看上去是次要的、用来制造喜剧效果的情节，几乎抢了整部戏的风头。在《第十二夜》中，支线的主角叫马伏里奥，他是奥丽维娅府中傲慢自大的管家，家里的其他人打算挫挫他的锐气。对演员和观众来说，马伏里奥是莎士比亚笔下最受欢迎的角色之一。他被人哄骗，说奥丽维娅爱上了他，他穿上奇怪的服装，丑态百出，当然，奥丽维娅完全不知情。马伏里奥的故事是次要情节，是背景和笑料，但所有早期的表演都证明了马伏里奥这一角色的重要性。马伏里奥广受欢迎，使得《第十二夜》成为最早被拍摄成默片的作品之一。在1910年拍摄的默片中，著名演员查尔斯·肯特（Charles Kent）饰演了马伏里奥一角。也许，这个玩笑有点过了，马伏里奥都要疯了，但在戏剧的结尾，一切都得到了解决：薇奥拉的哥哥西巴斯辛出现了，并且奥丽维娅把他当成了西萨里奥，要求马上和他结婚。薇奥拉是女儿身的秘密揭晓，奥西诺意识到自己的错误，并爱上了她。而这对孪生兄妹，薇奥拉和西巴斯辛，终于团聚了。《第十二夜》的结尾毫无疑问是令人感动和震撼的，震撼的是兄妹的重逢，知道对方没有死。联想到莎士比亚不久前痛失独子，我们不禁会想，作者是怀着什么样的感情写作的这部作品。在这部虚构的作品中，在这出戏中，我们会得到奇迹般的治愈，失落的可以被寻回，有一种重生的感觉。当然，这就是在《第十二夜》的结尾所发生的兄妹重逢，我们不必看弗洛伊德的心理分析，在莎士比亚的笔下就可以看到真正意义上的"愿望满足"（sense of wish fulfillment）。

　　然而，莎士比亚的喜剧之所以能存活四百年，可不仅仅因为易装和身份的倒错，还因为那些强有力的女性角色，当然，还有扮演她们的女演员。如同莎士比亚所有的喜剧，在《第十二夜》中我们目睹了重逢和欢笑，以及最终新的爱情。这部戏的中心，也是莎士比亚喜剧中推动剧情的，就是他笔下那些卓越非凡的喜剧女性角色。莎士比亚之所以是一位了不起的剧作家，原因之一就在于他对女性的关怀。他创作了这些迷人的、调皮的、有趣的和滑稽的女性角色。戏剧史上没有像她们一样的人。莎士比亚的绝妙之处在于，他懂得女性的心理。或者说，他创造了女性的心理。很少有戏剧中的女性角色能够媲美莎士比亚最甜蜜和浪漫的喜剧《皆大欢喜》中的女主角——罗瑟琳。莎士比亚女性角色的纯熟、热情、戏剧化和言辞的广度都是前所未有的。毫无疑问，莎士比亚热爱强大的女性，他将女性视作与男性平等的人，但这并不代表他就是女性主义者。他认为女性天生具有吸引力，并且这是具有能动性的。他的喜剧中的女性不仅有女性独有的性感而且大都举止大方、能言善道、积极主动，在某些方面，莎士比亚剧作中的女性角

色似乎比男性更聪明，更懂人情世故。莎士比亚认为女性胜过男性，比如，她们的坚定意志、她们所拥有的常识。

当人们想起莎士比亚笔下的伟大女性时，就会想起他的喜剧，尤其是《皆大欢喜》。这场戏发生在亚登森林中，斯特拉特福镇的边上。在莎士比亚所有戏剧中，这或许是故事场景离他的故乡最近的一部。不过这部戏对读者来说非常特别，是因为莎士比亚给我们呈现了他笔下最强大的女性之一——活泼、美妙、迷人的罗瑟琳。在《皆大欢喜》中，莎士比亚运用了他所有的喜剧资源，这部作品有种音乐剧或歌剧的感觉。《皆大欢喜》的核心是一个简单的爱情故事，关于罗瑟琳和一名叫作奥兰多的年轻人。罗瑟琳的角色之所以特别是因为她在引导整部戏。罗瑟琳是一位被放逐的公爵之女，她的叔父罢黜了她父亲，顶替了他的爵位，并且打算驱逐罗瑟琳。考虑到莎士比亚的戏是为全是男演员的剧团所写，女性角色都由学徒、资历较浅的演员扮演，他花如此多的笔墨在罗瑟琳这一角色上是相当惊人且史无前例的。罗瑟琳是剧中最重要的角色，也是莎士比亚所有戏剧中最重要的角色之一，她完全主导剧情。罗瑟琳穿上男人的衣服，来到亚登森林。莎士比亚为女性人物找到了这么一个办法，让她们穿上男人的衣服，也因此赋予了她们畅所欲言的能力，他找到了让女性发声的方法。罗瑟琳这段不同寻常的爱情冒险在继续。她遇到了牧羊人西尔维斯和他所爱的女人菲苾。当然，菲苾爱上罗瑟琳装扮的年轻人——盖尼米德。这是莎士比亚戏剧中常用的喜剧手法。

据说这部戏是莎士比亚在1599年寒冷的冬天写的，当时剧团正在修建位于伦敦泰晤士河南岸的露天剧院——环球剧场。现代重建的剧院就靠近原址。作为剧院的合伙人，莎士比亚也是戏剧演员。在《皆大欢喜》中，爱情故事是中心叙事。罗瑟琳装扮成男孩盖尼米德，奥兰多完全没有意识到盖尼米德就是罗瑟琳，而罗瑟琳爱上了奥兰多。同时，牧女菲苾以为罗瑟琳是个男人而爱上了她，西尔维斯又爱着菲苾，形成了一个荒诞的爱情四重奏。《皆大欢喜》的结尾举办了四个婚礼，但这些都不能使一个人高兴起来，那就是这部戏里愤世嫉俗的杰奎斯。他是莎士比亚笔下另一位分量较轻但个性非常突出的人物。在《皆大欢喜》的最后，杰奎斯依然是位讽刺家，对这几桩婚事他也一个都不赞同，他发表了精彩而尖刻的评论，说一定又有一次洪水到来，让这几对夫妻都躲到方舟里去。杰奎斯在这部戏中，始终都对爱的喜悦不屑一顾，带着适度的、不怎么浪漫的现实主义。杰奎斯的著名独白——人有七个时期，当你走完这七个时期你就到达了终点，当中有着真正意义上的苦涩与虚无。最后一个时期，"全然的遗忘，没有牙齿、没有眼睛、没有口味、没有一切"[1]。这意味着喜剧中的所有欢乐到了结束的时候，留给你的只有死亡。说到底，我们并没有远离《哈姆莱特》。

莎士比亚应该是相信爱情的，相信婚姻与爱情相关，他总是谈论基于爱情的婚姻，但他又知道爱情是很微妙的事。莎士比亚戏剧中的故事结尾很有趣，因为有时我们会感到其中一些婚姻可能不会长久。莎士比亚作品中也有失败的婚姻，他实际上是决意将婚姻看作一种英勇的生活方式。这当中男人比女人更容易失误，因为女人拥有婚姻里需要的东西：持久、忍耐和恒心。莎士比亚写出了女性的每一面，这就是其女性角色丰富的原因。莎士比亚笔下伟大的女性角色是有趣而又浪漫的，但还有更多的东西。除了这些童话般的品质，这些喜剧中也保留了一定的怀疑和愤世嫉俗色彩。关于莎士比亚最重要的一点，就是他不会试着讲出任何东西，他不会告诉我们怎样去思考，而是告诉我们——去思考。

二、悲剧：超自然因素与人性

如果人们被问到莎士比亚最著名的戏剧是哪一部，十有八九人们会答：《哈姆莱特》。作为戏剧和文化的标志，这部戏与我们的生活相互交织。有人认为它创作于遥远的过去，不应该与生活和当代息息相关，那么，到底是什么让哈姆莱特这个角色在被创作出来四百年后依然如此引人注目呢？

显然，对英语国家的人来说哈姆莱特是一个几乎人尽皆知的角色。表面上看，它的故事情节——王室、发疯、谋杀、自杀——似乎与大多数人的日常生活没什么联系，但这部戏一直以某种方式牵动着人们的情感，并被世世代代反复探索。《哈姆莱特》的故事叙述起来很简单：它是一个关于丹麦王子复仇的故事。他的父亲，丹麦国王，被人谋杀了。国王的鬼魂告诉儿子，也就是王子，务必要为他报仇。谋杀国王的人就是哈姆莱特的叔父克劳狄斯，他在国王死后娶了哈姆莱特的母亲。这部戏的开始，哈姆莱特正沉湎于父亲去世的悲伤中，同时他面对的一个事实就是，身边每个人都似乎以超乎寻常的速度将这件事抛诸脑后了。

1　[英]威廉·莎士比亚：《莎士比亚全集》（第2卷），朱生豪译，南京：译林出版社，1998年，第128页。

　　人们认为莎士比亚是在30岁时写下了《哈姆莱特》，此时，他年迈的父亲病重，接着又经历了一场不幸的变故，11岁的儿子夭折了，前面已提到，他的名字叫哈姆内特。人们不可能不去想哈姆莱特的名字就是来自他11岁早夭的儿子。观看这部戏时感情的强烈程度，一部分就取决于读者或观众有多了解莎士比亚和他那个有着墓地的世界，以及埋葬最深的希望意味着什么。这个关于丧亲和失落的主题，在哈姆莱特收到某个意外消息时突然发生了转变，侍卫看见他父亲的鬼魂走过城堡前的高台。鬼魂的出现推动了这部戏的发展，它证实了哈姆莱特所害怕的一个事实——父亲就是被他叔父所谋害的。报杀父之仇的重担落到了他的身上，可是他能不能成功呢？莎士比亚时代的每个人都知道——现在的人们也同样知道——在一部复仇剧，一部关于儿子为父报仇的戏剧中，厄运注定会降临到剧中的复仇者身上。从第一幕开始，哈姆莱特就注定会死，他自己知道，我们也知道。这个复仇的召唤来自一个鬼魂，来自另一个世界的超自然访客。而对伊丽莎白女王时期的观众来说，鬼魂的出现一点也不会让人感到惊讶，鬼魂无处不在，是他们世界的一部分。灵性世界和人类世界是相互渗透的，所以他们不会惊讶，但会好奇那是个怎样的鬼魂，是好的还是坏的。

　　鬼魂的到来推动了剧情，哈姆莱特背负起了这个为父报仇的责任，而雪上加霜的是，他身处一个阴暗危险的世界中。叔父招来了哈姆莱特的朋友暗中监视他；同时，大臣波洛涅斯（Polonius）也在利用自己的女儿策划阴谋。波洛涅斯确信，哈姆莱特的痛苦源自他对奥菲利娅的相思，所以他监视着他们两人。《哈姆莱特》整部戏都让人紧张不安，因为总是有人在偷听，我们永远不知道有谁躲在哪个地方。宫廷里充斥着阴谋和密探。就在哈姆莱特努力想要理清他脑海中和他周围的混乱时，莎士比亚让我们清楚地听到了他笔下那位烦恼的主角真正经历着什么。观众成了他的知心朋友，他以独白的方式直接对我们说话。就在这部戏的正中，哈姆莱特作了一场惊心动魄的独白，这段独白成了戏剧史上，甚至是文学作品中最著名的台词之一：

　　　　生存还是毁灭，这是一个值得考虑的问题；默然忍受命运的暴虐的
　　　毒箭，或是挺身反抗人世的无涯的苦难，在奋斗中扫清那一切，这两种
　　　行为，哪一种更高贵？死了，睡去了，什么都完了；要是在这一种睡眠

之中，我们心头的创痛，以及其他无数血肉之躯所不能避免的打击，都可以从此消失，那正是我们求之不得的结局。死了，睡去了；睡去了也许还会做梦。嗯，阻碍就在这儿：因为当我们摆脱了这一具朽腐的皮囊以后，在那死的睡眠里，究竟将要做些什么梦，那不能不使我们踌躇顾虑。[1]

每个人私底下都曾面对这些问题，但这部戏把它们公开摆到了大家面前，我们观看或阅读时，会被吸引进去，问自己这些问题，试图得出我们自己的答案，所以哈姆莱特这个角色对我们来说是极其私人化的。它所包含的某些东西能够超越时间和地域，我们所有人都能够与那些危急时刻产生共鸣。这些问题即便放到今天也是强有力的，而在莎士比亚的时代，这些问题都是革命性的。这不单单只是一种焦虑的状态，而是一个人在思考结束自己的生命，即自杀，而这在那个时代都是绝对禁止的。这就是这场戏让人如此震惊的地方，戏中的这个人从某一方面来看，正理性地权衡着各种选择（显然这不是一个被魔鬼缠身的人，而是试图彻底想清楚自己处境的人）。

对生命本身的意义做出怀疑后，哈姆莱特对他的使命也产生了怀疑。他应该相信那个鬼魂吗？他如何确定克劳狄斯是有罪的？他想出了一个让叔父阴谋败露的计划。他招来了一个四处巡演的戏班子来表演一出戏，重现先王之死。如果克劳狄斯畏惧了，就有了他需要的证据。克劳狄斯做出了反应，哈姆莱特的怀疑被证实了，他必须采取行动。哈姆莱特获得了一个绝好的复仇机会，他碰到国王只身一人正在祷告。当他把刀举到克劳狄斯头顶时，有那么一瞬，他确信自己将要动手了，可这一瞬转眼就过去了，他没有杀他，他再一次退缩了，因为他受到自己道德和恐惧以及人性的约束。

《哈姆莱特》提出了一些非常严肃的问题——复仇、杀人的道德问题。哈姆莱特是一个极不情愿的复仇者，但在紧接着的下一幕中，他从原先的角色中挣脱了出来。哈姆莱特的举止引起了国王和他的大臣波洛涅斯的警觉，他被唤到母亲的寝宫。在与母亲的对峙中，他把躲在暗处偷听他们对话的波洛涅斯当作国

---

1 [英]威廉·莎士比亚：《莎士比亚全集》（第5卷），朱生豪译，南京：译林出版社，1998年，第330页。

王误杀了。这一冲动引起了大祸，此时他已意识到自己或许已踏上一条自我毁灭之路。哈姆莱特杀了波洛涅斯之后，事态就永远地改变了。克劳狄斯现在知道他有了生命危险，决心要摆脱哈姆莱特，把他送到国外去。从这里开始，剧情的发展方向转变了。哈姆莱特被驱逐到英格兰，尽管他最终设法逃脱回到了丹麦，然而在他离开的这段时间里，奥菲利娅——他的挚爱，波洛涅斯的女儿——失去了理智，溺死在水里。他对此毫不知情，在返回艾尔西诺（Elsinore）的途中，哈姆莱特偶然遇到一个新挖的坟墓，他并不知道这是为奥菲丽娅而挖的。在这整部戏最知名的场景之一中，哈姆莱特直面必死的命运。哈姆莱特蹲在郁利克（Yorick）坟墓旁的场景可能是这部戏中最不朽的一幕：

> 哈姆莱特　……这儿本来有两片嘴唇，我不知吻过它们多少次。——现在你还会把人挖苦吗？你还会蹦蹦跳跳，逗人发笑吗？你还会唱歌吗？你还会随口编造一些笑话，说得满座捧腹吗？你没有留下一个笑话，讥笑你自己吗？这样垂头丧气了吗？……霍拉旭，请你告诉我一件事情。
>
> 霍拉旭　什么事情，殿下？
>
> 哈姆莱特　你想亚历山大在地下也是这副形状吗？
>
> 霍拉旭　也是这样。
>
> ………………
>
> 哈姆莱特　……亚历山大死了；亚历山大埋葬了；亚历山大化为尘土；人们把尘土做成烂泥；那么为什么亚历山大所变成的烂泥，不会被人家拿来塞在啤酒桶的口上呢？
>
> 　　恺撒死了，他尊严的尸体
>
> 　　也许变了泥把破墙填砌；
>
> 　　啊！他从前是何等的英雄，
>
> 　　现在只好为人挡雨遮风！[1]

1　[英]威廉·莎士比亚：《莎士比亚全集》（第5卷），朱生豪译，南京：译林出版社，1998年，第385—386页。

这部戏暂停了一下，让我们审视生命的终将消逝。但很快，哈姆莱特回到了宫中，面对他自己的命运。回到宫中后，哈姆莱特和波洛涅斯之子雷欧提斯卷入了一场击剑比赛，雷欧提斯死在他的剑下。这场比赛牵动了整个王室，是整部戏的高潮。虽然哈姆莱特在这部戏一开始时，就打算为父亲报仇，但他并没有直接实施计划，而是卷入了一场赌博。所以，这场比赛并不是哈姆莱特的计划，而是叔父克劳狄斯打算杀掉他的一场阴谋。身中剧毒的哈姆莱特难逃一死，但他也确保让克劳狄斯一同陪葬。最终，哈姆莱特成功地报了杀父之仇，尽管更多的是出于偶然（而非计划，他对于这一切并无多大掌控）。最后，哈姆莱特不得不面对自己的死亡，他躺在唯一的挚友霍拉旭的怀中说道：

> 你倘然爱我，请你暂时牺牲一下天堂上的幸福，留在这一个冷酷的人间，替我传述我的故事吧。
>
> …………
>
> 啊！我死了，霍拉旭。猛烈的毒药已经克服了我的精神，我不能活着听见英国来的消息。可是我可以预言福丁布拉斯将被推戴为王，他已经得到我这临死之人的同意；你可以把这儿所发生的一切事实告诉他。此外仅余沉默而已。[1]

哈姆莱特最后的台词带着一种窥视来生的意味。"此外仅余沉默而已"实际上意味着一种解脱，再没有什么需要烦恼。对其他人来说，哈姆莱特交代霍拉旭世人所发生的一切，去讲述他的故事，这意味着沉默之后生命还将延续。《哈姆莱特》的结尾之所以如此震撼人心就在于他向霍拉旭讲述事情始末的那一刻。他说，"留在这一个冷酷的人间，替我传述我的故事吧"，这样的话他就没有白活。这个故事被传述给了我们，并在不断上演，它没有无疾而终，它没有终结于"此外仅余沉默而已"。事实上，它终结于将这出戏反复演下去的嘱咐中。

《哈姆莱特》涉及一些最根本的主题，或许是我们所有人都在追问的问题：我们为什么存在？我们存在的意义是什么？我们在某个时刻不得不问自己的所有

1　[英]威廉·莎士比亚：《莎士比亚全集》（第5卷），朱生豪译，南京：译林出版社，1998年，第399，400页。

这些终极追问，或者在某个时刻感受到的问题，全在这部戏里了。

紧随《哈姆莱特》之后的是通常被称为"问题喜剧"的三部作品——《一报还一报》《终成眷属》和《特洛伊罗斯与克瑞西达》，而随后的《奥瑟罗》则代表了对悲剧的回归。"在这出戏使观众遭受的种种痛苦中，最甚的莫过于不得不认为伊阿古代表了必须被理解的事物，它们是社会任何观念不可避免的一部分"[1]。

莎士比亚所有戏剧中故事最黑暗、最离奇的则不得不提《麦克白》了。对人性的邪恶和贪婪之心的刻画，没有什么可以与麦克白那颗嗜血的心相比。《麦克白》是一部甚至都不能直呼其名的戏，因为即便是它的名字，也似乎在召唤女巫和宇宙间的黑暗。当莎士比亚写作《麦克白》时，他所探索的是人类心灵的阴暗面。麦克白成了一个叛徒、一个屠夫、一个连环杀手，而且，令人震撼的是，莎士比亚所写的并不是一部关于"怪物"的戏，而是一部关于"人"的戏。《麦克白》探索的是我们内心蕴藏的暴力和邪恶，而这是生活中真实存在的一面。

麦克白一开始是个战士，因英勇善战受到国王的嘉奖。接着，三个女巫，即莎士比亚所称的怪异三姐妹，预言他将成为国王。麦克白和他的妻子决定让这个预言变为现实。他亲手谋杀了国王，然后谋杀了所有其他的潜在对手。这部戏里有太多的暴力血腥，但却是超自然因素、女巫或怪异姐妹使麦克白起了杀人之心，她们的预言点燃了他的野心。对女巫的描写可以说是莎士比亚的天才之作，他的语言是如此奇特和具有召唤力。麦克白借助谋杀来实现他的野心，但这邪恶的启发来自女巫。她们说他会成为国王，这意味着在位的国王必须死去。这个致命的决断，是《麦克白》整部戏的支点，然而到底是麦克白一直渴望王冠，还是女巫将这一野心植入麦克白心中呢？这部戏最令人不安之处在于，扰乱麦克白的只不过是野心，然而可怕的是，野心存在于我们每个人的心中，我们都有雄心抱负，我们都希望自己出类拔萃，有的人甚至可以为此舍弃自己的善良。如我们所见，是女巫激发了麦克白的野心，而莎士比亚的时代，从某种意义上说，是一个充满了巫术的时代。那时候的人都经历过在魔鬼和上帝之间摇摆的心灵之战。对于当时的观众来说，女巫无处不在。莎士比亚笔下的魔法、巫术和幽灵不是插科

---

1 [英]弗兰克·克蒙德：《莎士比亚：时代的灵魂》，韦玫竹译，合肥：安徽人民出版社，2014年，第172页。

打诨的龙套，不是用来增添异域情调的装点，而是一种强有力的语言，让观众能够即刻与之建立连接。在莎士比亚的时代，书写巫术有着重要的政治意义。女巫受到严肃的对待，甚至国王也很重视女巫问题。1597年，詹姆斯一世写作了一部关于鬼神学的著作——Demonology（《鬼神学》）。该书措辞严谨，引经据典，最重要的是，它出自一位国王的笔下，因此一跃成为当年英格兰的畅销书，被译成多国文字，成了权威的"猎巫指南"。他这样做是因为他坚信女巫可能推翻由神钦定的君主政权。所以这部关于谋杀国王的戏剧显然是很危险的。莎士比亚是在以一种微妙的方式与国家事务打交道，稍有差池就会被认为是在煽动叛乱。

这部戏追问了黑暗力量究竟从何而来，麦克白为什么要犯下如此可怕的罪行，是女巫还是黑暗和邪恶本来就存于人心，是超自然力量引发了一切还是仅仅预言了注定会发生的事，对此学者们也不确定。《麦克白》的巧妙之处，部分在于人们很难确定这些女巫做了些什么，她们又负多大的责任。换句话说，那股推动力到底是超自然的、来自外部的，还是麦克白身上的本性？到底是什么使麦克白从一个雄心勃勃的战士变成一个谋杀者，这似乎是个不好回答的问题。要理解麦克白，还需要去理解麦克白夫人，麦克白的共犯。一个重要问题是，他是准备独自采取行动，还是他的妻子逼迫他去做的？在女巫做出预言之后，这对夫妻预谋亲自去谋杀国王，但随后麦克白转变了心意，拒绝了这个计划，因此他的夫人很愤怒。麦克白夫人知道他怀有野心，并且她更为清醒地认识到要得到他们都渴望的东西他们需要付出代价。我们看到她极其认可他的野心，同时也怕他不能意识到这一点，所以为了使他如愿以偿地登上王位，她极力煽动麦克白。被妻子煽动后，麦克白准备动手，他思绪翻腾，神志恍惚，念出了全剧最著名的独白（手握短刀的一幕）。莎士比亚用语言将犯罪前后的各种反应呈现出来，他通过语言展示给我们的是真真切切发生在现实生活里的反应。谋杀这场戏不仅对麦克白个人来说是个分水岭，也让人想起英国历史上一次毁灭性的政治危机——火药阴谋。罗马天主教教徒安放了几十桶火药在下议院地下，计划炸死大臣和国王詹姆士一世。这与麦克白之间的联系很明显。

这与麦克白之间的关系很明显，对莎士比亚来说也很冒险，17世纪早期观看《麦克白》的观众都会联想到这一点。叛乱、谋逆、暴动的威胁是那个时期很大的政治白噪音，所以观众对任何有关叛乱、谋逆、欺骗和阴谋的事都极其敏感，而这些正是这部戏的核心。这对夫妻在共谋时联合一致，但谋杀之后对所犯下的事有不同的反应。尽管麦克白当上了国王，但他并没有安全感。他瞒着妻子，秘密谋杀了他的朋友，也是其潜在的对手——班柯。为了不显得异常，麦克白举办了一场宴会，并装作期待被他谋杀的班柯出席，然而班柯的座位上出现了他的鬼魂。当麦克白被班柯的鬼魂吓得魂不守舍时，麦克白夫人极力为他掩饰，竭力阻止她的丈夫透露这一可怕的秘密，尽管她对班柯的死一无所知。这段经历似乎使这对夫妻开始疏离。麦克白独自去见女巫寻求安慰，可这也引发了他疯狂杀戮更多潜在对手的邪念。他变成了一个孤独的暴君，麦克白夫人彻底崩溃。当麦克白夫人最终被情绪吞没丧失理智时，麦克白却正好相反，他似乎抑制了全部情感，只是埋头向前。在这条杀戮的路上他除了向前别无选择，这已经成了他不得不做的事。就在他不顾一切打击敌人几乎麻木的时候，莎士比亚为他安排了一段美丽又孤绝的独白：

> 明天，明天，再一个明天，一天接着一天地蹑步前进，直到最后一秒钟的时间。我们所有的昨天，不过替傻子们照亮了到死亡的土壤中去的路。熄灭了吧，熄灭了吧。短促的烛光！人生不过是一个行走的影子，一个在舞台上指手划脚的拙劣的伶人，登场片刻，就在无声无息中悄然退下；它是一个愚人所讲的故事，充满着喧哗和骚动，却找不到一点意义。[1]

到这里，他的人生态度已如此虚无，即便是失去他曾经深爱的女人，对他来说也再无触动，因为他已经没有感觉了，而这就是莎士比亚最深的洞悉——当你冷酷无情地犯下诸多谋杀罪行后，你便丧失了感知的能力。麦克白似乎丧失了一切情感，然而，随着这部戏的高潮到来，他显然感到了恐惧。当他明白女巫承诺他会安然无恙不过是个危险的谜语时，对抗他的势力已经集结起来向他宣战，他不得不去面对他的敌人。这完全是一场困兽之斗，他被逼到角落，即将死去。最

---

1 [英]威廉·莎士比亚：《莎士比亚全集》（第6卷），朱生豪译，南京：译林出版社，1998年，第184页。

后，麦克白的暴政终结了，然而究竟是什么导致了这一切？我们能否找到答案？是女巫还是他自己的野心导致了麦克白的堕落？《麦克白》的重要思想在于，有一些未知的东西在那儿，它们的确存在，它们是令人讨厌和不安的怪物，存在于头脑之中。莎士比亚的伟大在于，他从来不与人们保持一定距离，他总是说，这就是我，是你，是我们大家。他的作品中有我们共同的人性。在这部戏的最后，当所有的恐怖烟消云散，莎士比亚转而给予幸存者一些同情的话语，这番话语直到今天仍然能安抚我们："你的悲伤不可用他的美德来衡量，因为那样便没有止境了。"[1]莎士比亚给予我们所需的智慧，去理解我们生活的方方面面。

三、历史剧：历史与现实

为了上帝的缘故，让我们席地而坐，来谈谈帝王之死的凄惨故事吧……[2]

——《理查二世》（第三幕第二场）

《理查二世》这部戏勇敢地想象了拥有最高权力然后又失去它是什么样的。这部戏让我们近距离地观察英国皇室历史上最不光彩和令人震惊的时刻之一。《理查二世》讲述的是懦弱无能的国王被废黜的故事。这出戏的悲剧性和戏剧化在于理查是一位名正言顺的国王，由神所立，但他又是个无能的君主，其推翻者波令勃洛克不是神授的国王，而他是一位高明的政治家。这是一场对理查精神崩溃的残忍检视。这部戏的强有力之处在于，它涉及对权力从何而来的重新定义，废黜国王也可以是正当的吗？这深深威胁到了伊丽莎白的政权，这也威胁到写作它的人，稍有不慎，莎士比亚就可能被扔进伦敦塔，甚至被处死。

除了政治，《理查二世》也是对英格兰形象的有力再现，是莎士比亚唯一一部纯诗体的戏剧。莎士比亚笔下的理查的原型是一个真实的国王，这个国王与戏中的角色一样，认为自己对英格兰拥有独一、神圣的所有权。公平地讲，认为自己是由神钦点的并不只有理查一人。这种君权神授的思想由来已久，早在古希

1　[英]威廉·莎士比亚：《马克白》，载《莎士比亚全集31》，梁实秋译，北京：中国广播电视出版社，2002年，第185页。

2　[英]威廉·莎士比亚：《莎士比亚全集》（第3卷），索天章、孙法理译，南京：译林出版社，1998年，第536—537页。

腊的王政时期和后来的罗马帝国时期，君权神授都是君主用来巩固统治的法宝。在这一思想下，从天堂里的天使到路边的石头，上帝创造的万物都有其各自的位置，每个人都有自己的阶层和等级，人间最有权势的人物当然就是由上帝钦定的国王，他是上帝在尘世的代理人。因此，理查二世深信皇座源于上天的嘉许，君王的尊严有神威保护："加冕礼赋予国王的馨香是倾大海的狂涛也冲刷不去的；上帝选定的代表是凡人的唏嘘推翻不了的。"[1]《理查二世》创作于16世纪90年代中期，莎士比亚写作的前期，是他最伟大的历史剧之一。这部戏挖掘了许多丑闻，它记录和渲染了理查悲惨地倾覆于亨利·波令勃洛克，也就是未来的亨利四世之手的过程。被流放、父亲去世、遗产被窃夺后，海瑞福德公爵亨利·波令勃洛克回到了祖国，发动了针对国王的战争。刚开始理查很恐慌，但随后又自我安慰，他相信不论发生什么，上帝会拯救他。波令勃洛克一开始强调自己并不是要取代理查，他只是回来重新取得原本属于他的东西，但这可能只是他谋略的一部分。《理查二世》的中心主题几个世纪以来仍余音不绝。与理查一样，许多独裁者都曾声称，他们不相信有任何人能违抗他们。尽管《理查二世》的背景是在久远的过去，甚至其创作也在遥远的过去，却与现在依然有着重大关联。政权更迭的现实，是失去手中权力的独裁者们所不能完全理解的。《理查二世》所蕴含的主题不只与自封的独裁者们相呼应。20世纪90年代，英国上演了一出有名的政治剧，与理查面对的一切并无二致。当时，英国首相"铁娘子"玛格丽特·撒切尔与理查一样，所向披靡，不容挑战。但在1990年，她试图征收一项新的人头税，引发了伦敦街头的暴力冲突以及党派内部的分歧。跃跃欲试想要取而代之的迈克尔·赫塞尔廷（Michael Heseltine）对撒切尔夫人的首相地位发起了挑战。这可以说是一场莎士比亚式的均势斗争。

在戏里，理查在上帝的荣光里建立他的王权。随着剧情发展，到了最后几场，他的面具也需要摘下来了。在英格兰这个繁育君主的母体里，理查的王权已是一具死胎。他的王国被比作一座荒弃的花园："果树没人整理修剪，篱笆歪歪倒倒，花坛不成样子，芬芳的花草长满了青虫。"[2]理查在退位交出王冠时说：

---

1 [英]威廉·莎士比亚：《莎士比亚全集》（第3卷），索天章、孙法理译，南京：译林出版社，1998年，第533页。

2 [英]威廉·莎士比亚：《莎士比亚全集》（第3卷），索天章、孙法理译，南京：译林出版社，1998年，第546页。

"这黄金的冠冕有如深邃的水井，它有两个水桶，交替提水。空的一只总在空中晃荡，另一只在下面，看不见，却盛满了水。"[1]这是一个精彩的意象，深井里的两个吊桶。这个意象关系到故事的架构、叙事线索，理查向下，波令勃洛克向上。观察这两个角色我们发现，理查代表旧世界，有骑士精神、君权神授的中世纪世界；而波令勃洛克代表新世界，有野心和实用政治学的新世界。当《理查二世》在16世纪90年代初在舞台上表演时，有些人认为它略带含蓄地攻击了莎士比亚时期的君主——伊丽莎白一世。当时伊丽莎白已经做了三十多年女王，没有指定的继承人，在一些人看来她就是暴君。为了避免风险，据说莎士比亚最初排演的《理查二世》剪切掉了废黜这场戏。但几年后，这一幕又重新出现，困扰着他和伊丽莎白女王。许多年来，女王一直重用一名野心勃勃的大臣——艾塞克斯伯爵（the Earl of Essex）。他出征爱尔兰，率兵攻打西班牙人，但艾塞克斯却越了界，与女王闹翻了。在16世纪90年代末，一撮心怀不满的朝臣想要有所动作，他们开始暗中策划针对女王的政变。作为政治人物的艾塞克斯成了女王的对手，他是个很强的人物，能够笼络到主要贵族们的大力支持。所以，从历史的角度看，我们发现这几乎是理查和波令勃洛克的再现，艾塞克斯时代的很多人也看到了这一点。在艾塞克斯发动政变的前一晚，他邀请一群志同道合的贵族们去看场戏，这部戏就是莎士比亚的《理查二世》，在环球剧场演出，据说，那场表演将之前被删减掉的废黜场面恢复了。艾塞克斯失败之后被捕，环球剧场也卷入了这场阴谋。不过，在受到伊丽莎白的秘密警察审讯之后，演员们被排除了参加这次谋乱的可能。莎士比亚的历史剧在当时的政治中扮演了重要角色，如果在那次审讯中稍有偏差，莎士比亚就难免牢狱之苦。莎士比亚笔下的理查二世是否真实、准确地还原了历史并不重要，重要的是关于公正、暴政的探讨，可以说，莎士比亚所道出的真理，如今仍在提醒我们。在这部戏中，理查被无情杀害，这或许是莎士比亚时代民众乐于看到的。但是，历史学家则告诉我们，真实的理查被杀害的方式或许不是这样残忍、血腥，他很有可能是被活活饿死的。但对作家来说，这或许只是一个无关紧要的细节。《理查二世》这部戏四百年来让观众陶醉和入迷，也为暴君们敲响了警钟，所以它也许还能再延续四百年。

1　[英]威廉·莎士比亚：《莎士比亚全集》（第3卷），索天章、孙法理译，南京：译林出版社，1998年，第554-555页。

1599年，莎士比亚的剧团碰到了一个问题：他们的房东拒绝延长剧院所在之地的租期，但是剧院属于演员们，因为这是他们自己修建的。所以，等房东走后，他们把剧院给拆了，然后一块一块地运过了泰晤士河，重新修建了起来，重新建起的这座剧院就像个巨大的工具箱，矗立在河的南岸，取名为"环球剧场"。据流传的说法，在这里上演的第一出戏就是《亨利五世》。1944年，在距环球剧场原址不远的现代重建的剧院中，被称作那个时代莎士比亚戏剧最杰出的演员的劳伦斯·奥利弗导演并主演了《亨利五世》。这部获得奥斯卡奖的电影《亨利五世》，拍摄于第二次世界大战的白热化时期，在一定程度上，这是一部鼓舞士气的爱国之作。电影一开场，就像是这部戏在16、17世纪之交莎士比亚新建的环球剧场的舞台上拉开了帷幕。但这个亨利王的故事，早在往前三部戏时就开始了，也就是前面所说的《理查二世》时就开始了。《理查二世》讲述了亨利·波令勃洛克即亨利四世是如何窃取理查的王冠登上英格兰王位的故事。接着莎士比亚用两部戏剧来讲述亨利四世的故事，最后终于写到了亨利五世。但是，究竟为什么要写这些历史剧呢？显而易见，它们能获得较高的上座率。在16世纪90年代，历史剧非常卖座。莎士比亚的舞台首次将重大的政治、社会结构、民族认同问题呈现在大众面前，在公开场合进行探讨。在莎士比亚时代，对普通的伦敦人来说，有两个地方是人们常常集会并探讨热门事件的场所：第一个是教堂，但显然从布道中所获知的无非都是教内的训诫；第二个人们聚会的地点是剧院，在那里当然就少了很多管制。这是个令人兴奋而又危险的会场。就是在这个危险的会场中，莎士比亚上演了他的新剧。一开始他写作了《亨利四世》上部和下部。《亨利四世》上部是莎士比亚最伟大的作品之一，这部作品中有喜剧，也有悲剧，在莎士比亚几乎所有其他作品中都能找到《亨利四世》上部的细微痕迹，更不必说福斯塔夫这个伟大的角色了。读者或观众不需要对英国历史了如指掌就能知道戏中所讲的是什么。故事所讲的是一个年轻的王子离经叛道，不屑于自己生来需要扮演的角色，但最终还是挑起了这个强加于身、无法逃脱的重任。从这里，我们能真切地感受到历史剧给莎士比亚的观众带来的影响。这些戏剧是欢乐、狂热和无拘无束的。福斯塔夫和哈尔在野猪头酒馆的戏份，常常引起轰动，观众为福斯塔夫疯狂。但观众笑过之后会看到它史诗性的一面——战斗、叛乱以及举国上下的运动。

　　《亨利四世》上、下两部戏一直广受批评家和观众的喜爱。这部戏的中心是父亲和儿子的故事，儿子似乎不符合父亲的期许，父子的矛盾中混杂着期许、失望、渴求、爱以及恨，这些元素在《亨利四世》上、下两部中都有所呈现。就国王而言，他渴望有一个与他儿子截然不同的孩子。为了进一步凸显这对父子的关系，莎士比亚为亨利设置了一个儿子的替代者——哈利·霍茨波，这个人物身上有着亨利希望自己的儿子哈尔具有的所有品质。莎士比亚还不满足于此，他还为儿子哈尔创作了一个父亲的替代者，这就是约翰·福斯塔夫爵士。这部戏非同寻常之处之一就在于这个角色。哈尔王子在福斯塔夫身上找到了父亲的影子。亨利四世个性强硬、贪慕荣誉，但一点不圆滑，而福斯塔夫则圆滑多变，毫无骨气。哈尔对福斯塔夫和他父亲各自的忠诚是这两部戏的核心。福斯塔夫激发了哈尔人性放纵、不负责任的一面。但莎士比亚知道，他还需要展示这位年轻王子的另一面。莎士比亚安排了一场精彩的戏中戏，福斯塔夫和哈尔分别扮演亨利四世和哈尔自己，然后又互换角色。在这场嬉闹的结尾，出现了一个令人不寒而栗的预兆：撵走胖子杰克·福斯塔夫。哈尔最后以他自己的身份说出"我要，我偏要"[1]（I do, I will），给了福斯塔夫一个警告，预示那一刻会真的来临。

　　从很多方面看，亨利在这部戏中是一个非常孤单的形象。治国的重任压在他肩头，从某种角度来说，他还失去了温暖的亲情，而那正是他怀疑儿子与福斯塔夫之间所拥有的。那种被排斥在外的感觉，加深了他的忧愁和孤独。不过，最终亨利相信他的儿子会不负他的期望。但同时，他必须处理自己当年坐上王位留下的后患。贯穿《亨利四世》上、下两部的线索就是废黜前王、篡夺王位的亨利心中那挥之不去的负罪感，所以他变得越来越多疑和偏执，怀疑曾帮助他登上王位的那些人在密谋反抗他。当然，他们也确实开始谋逆了。与真实的历史一样，亨利逐渐失去了当年那些助他废黜理查的人的支持，他们现在意欲废黜他。莎士比亚对真实的历史进行加工，他所设定的戏剧化的讽刺，就是哈利·潘西·霍茨波（Harry Percy Hotspur），这个亨利曾希望是自己儿子的人，也是将率领叛军对抗他的人。开战之前，亨利想和谈，避免一场大屠杀，但和谈失败了。第二天，莎士比亚聚集起了笔下的主角们，亨利、哈尔、霍茨波和福斯塔夫，这可能是整

　　1　[英]威廉·莎士比亚：《莎士比亚全集》（第4卷），孙法理、刘炳善译，南京：译林出版社，1998年，第51页。

部戏最关键的时刻。福斯塔夫和哈尔将与国王并肩作战，对抗叛军，但莎士比亚动摇了我们的信心，对于即将到来的一战他展示给我们的是福斯塔夫颠覆性的看法：

> 腿断了荣誉能接上吗？接不上。胳膊断了怎么样？也不行。受了伤荣誉能叫人不痛吗？不，那么荣誉能有外科医生的技术吗？没有。什么是荣誉？一个词语。词语里是什么？空气，如此而已！谁获得荣誉？星期三死掉的那个人。他感觉得到荣誉吗？感觉不到。他听得见荣誉吗？听不见。那没荣誉是感觉不到的了。不错，死人是感觉不到的。那么，它能跟活人一起活下去吗？也不能。[1]

他关于荣誉的一番话一定程度上体现了他对荣誉的看法：荣誉只是字眼，只是空气，它是没有意义的，它让人们做出可鄙的行为，还会冒生命危险，为的只是他们的骄傲。

这场战斗让亨利父子两人终于团结了起来，这成了他们关系缓和的开端。与父亲共同作战的经历改变了哈尔。他具有与父亲相似的统兵率军的领袖风范，这让他从思想上转变了，他变成了一个男子汉。莎士比亚选择不那么精准地还原历史（霍茨波实际比哈尔年长三十岁左右，但剧中他们年纪相仿）是为了增强作品的戏剧化力量。出于戏剧目的，他对人物稍稍做了调整，想通过人物来传达思想。亨利四世虽然胜利了，但也因为在战争中大批死去的生命而心神不宁。莎士比亚看到了国王的烦扰，从这里开始，故事随着亨利的逐渐衰弱而发展。

贯穿亨利剧脉络的，是一种带着诗意的病痛和衰败的意象，这是国家的病痛和衰败，也是国王自身的病痛和衰败。国王病重了，国家病重了，这两件事情同步发生。亨利三部曲在第二部中达到高潮，病重的国王在威斯敏斯特教堂晕倒了，这里，莎士比亚还原了历史。父亲亨利去世后，哈尔王子最终继位，成为亨利五世。莎士比亚安排的哈尔作为国王的第一场戏，也是《亨利四世》下部的最后一场戏，正是他在《亨利四世》上部里所暗示过的——哈尔说的"我要，我偏

1　[英]威廉·莎士比亚：《莎士比亚全集》（第4卷），孙法理、刘炳善译，南京：译林出版社，1998年，第89页。

要"[1]。现在，哈尔必须背弃福斯塔夫，并真的要驱逐福斯塔夫了。接下来的故事就是亨利五世的故事了。

《亨利五世》将许多问题摆到了16世纪的剧院面前，因为除了对战斗场面的刻画，剧中的地点跨度从英格兰到威尔士，从被包围的宫殿到城市再到法国北部的战场，那么要如何在16世纪剧院里做到这点呢？莎士比亚的办法极为创新，他创作了一个角色——致辞者，让他来为这个问题致歉，并直接引导观众运用他们的想象力抛开他们的怀疑。如果前两部是关于父子关系，那么在《亨利五世》中，莎士比亚将重心转到了如何做一位好国王的主题上。这部戏一开场，亨利就向着法兰西的王座出发，战争将不可避免地爆发。然而对于战争是否合理，莎士比亚的态度仍旧模棱两可。就在世界上的冲突和战争持续成为头版新闻时，有导演就将此与莎士比亚的《亨利五世》进行对比审视。《亨利五世》讲述了战争的本质。歌颂和推崇回归国土的英雄们自然是很好的，但莎士比亚勇敢地揭露了这些战争是怎样打赢的。《亨利五世》中，在阿金库尔（Agincourt）战役开始前一晚，国王乔装后走到他的士兵之间。他们进行了一场辩论，关于为国王而战，为国家牺牲的意义何在。这一幕是莎士比亚笔下最出色的场景之一，部分原因在于这些普通士兵的话语是如此令人信服和有力：

> 但是，如果战争的理由不正当，那么国王的头上可就有一大笔账要算了。在一场战争中被砍下来的腿、胳膊和头颅，到将来的最后审判日都要联合起来一齐呼喊："我们死在这样的一个地方！"[2]

但是亨利五世没有全部听进去，他也不能听进去，他必须倾听却又不能倾听。这是绝妙的一刻，这是莎士比亚对领导才能的一种看法，这种领导才能意味着能够取下王冠，走到普通人当中去倾听，但又不至于令他在做决策时犹豫不决，他明白那些决策可能会导致他们丧命。《亨利五世》是部关于领导才能的戏，那么成为一个伟大的领导者意味着什么呢？今天的人们似乎对领导才能有些

1　[英]威廉·莎士比亚：《莎士比亚全集》（第4卷），孙法理、刘炳善译，南京：译林出版社，1998年，第51页。

2　[英]威廉·莎士比亚：《莎士比亚全集》（第4卷），孙法理、刘炳善译，南京：译林出版社，1998年，第285页。

不屑一顾，但它对于一场战争的胜利来说却是最关键的。

在《亨利四世》和《亨利五世》中，莎士比亚讲述了两位伟大的英国国王的故事。如果只是进行简单的解读，我们可以说莎士比亚记录下了至今仍受珍视的英国历史上的胜利以及爱国主义精神。但莎士比亚之所以是莎士比亚，正是因为对他的作品没有什么简单的解读，他对历史的再创作也留下了重重矛盾、颠覆和怀疑。为祖国而死，当然是光荣的死，但莎士比亚清楚地阐明了他对荣誉的怀疑。虽然战斗胜利了，但他毫不避讳地揭示了战争的恐怖和残忍。普通人能够获得的很少，却可能失去一切。他们失去的一切，是他们为国王的野心付出的代价。即使是为着最光荣的事业，伟大的领导者也永远无法确保他们的行为是绝对正确的。就如同这部戏最后的话语所阐释的，亨利在35岁时就去世了，他所有的成就都随着他儿子的统治失去了：

> 亨利六世，尚在婴儿的襁褓之中
>
> 就继承父王，做了英法两国的国君；
>
> 许多人七手八脚替他掌管大政，
>
> 丢了法兰西，英格兰也流血频频；[1]

这就是莎士比亚所讲述的故事的核心，在这些作品写下四百多年后，我们仍然可以从中学到很多。

四、传奇剧：宽恕与和解

"传奇剧"是人们今天赋予《泰尔亲王配力克里斯》《辛白林》《冬天的故事》和《暴风雨》的通称，其中《暴风雨》最具代表意义，被公众认为是莎士比亚生前最后一部完整的戏剧杰作。主人公被放逐到一个荒岛上长达12年，那些合谋加害主人公的人遭遇海难，面对主人公却毫无抵抗之力，任由其戏弄报复——这是《暴风雨》的故事情节，这是一个关于愤怒和复仇、关于父爱和牺牲的故事，故事的一切都发生在一个魔法世界中。这里有非人类的生物、从自

1 [英]威廉·莎士比亚：《莎士比亚全集》（第4卷），孙法理、刘炳善译，南京：译林出版社，1998年，第329页。

然界召唤出的缥缈精灵、神秘开始又神秘停止的风暴。这像是一部玄幻小说，却是来自四百多年前一个作家的想象。它比莎士比亚以往的任何作品都更为恢宏，所探讨的思想更为激进，对舞台演出的要求也更富于想象力，然而，莎士比亚选择了在晚年为自己立下这样的挑战。这部实验性的戏剧要求人们飞来飞去，有精灵显现、变形和幽灵出现的场景。这是他最后一部独立完成的戏剧，也是他最私人、最具自传性的一部作品。甚至有可能，作为演员的莎士比亚，亲自主演了这部戏。《暴风雨》的故事就其核心来说是关于一个男人和他必须做出的选择，这个人就是普洛斯帕罗，即米兰公爵。普洛斯帕罗被他的弟弟背叛，与小女儿米兰达乘船时遭遇海难，但命运安排他们活了下来，在一座荒岛上与世隔绝生活了12年。普洛斯帕罗不是个普通人，他是个魔法师，能够差遣精灵，呼风唤雨。凭借法术，他发现了背叛他的弟弟和同谋将要乘船经过他所在的岛屿。他唤来一场风暴，将敌人刮上了海岸，但是他会怎样对待他们呢？这部戏提出了一些重大的问题：我们是怎样成了自己这样的人？作为一个人意味着什么？当我们第一次坠入爱河时是什么样的？除了涉及所有这些问题，这部戏的中心主题是这对父女的关系，他们独自一起生活了12年。女儿是父亲在荒岛上活下去的理由，而从三岁起，父亲就成了女儿生命里唯一的一个人。普洛斯帕罗无疑是全心全意对待女儿的，但他也经常控制她。他说："凡我所做的事，无非是为你打算，我的宝贝！我的女儿！"[1] 显然，这是饱含爱意的，他们之间的关系非常亲密，但同时，从普洛斯帕罗的角度，这也是一种真正意义上的掌控，掌控她和她的人格。

《暴风雨》这部戏剧一开场就紧抓观众的眼球，它以一场狂风暴雨开场，充满戏剧性和魔法，是许多不同版本电影的灵感来源，但每一出《暴风雨》的中心人物都是这个古怪的魔法师——普洛斯帕罗。他制造了这次风暴，"导演"了整出戏。这个神通广大的魔法师几乎掌控着人们的命运，他似乎扮演着上帝的角色，因此，令人生畏。他把他的敌人们带到这座他曾挣扎着登上岸的岛屿，并且他们任凭他处置。这部戏的关键是一个道德问题，他将如何对待他们？

普洛斯帕罗是非常凡人化的，因为他想要复仇，想要采用极端的手法，他真的想要伤害那些曾伤害过他的人。这部戏的主要悬念之一就在于，普洛斯帕罗是

1　[英]威廉·莎士比亚：《莎士比亚全集》（第7卷），朱生豪、孙法理译，南京：
　　译林出版社，1998年，第308页。

否具有宽恕的能力？它先刻画了一个愤怒的魔法师，紧接着又揭示了他是一位可靠的父亲，他第一次告诉女儿，他们是怎样到达这里。普洛斯帕罗和米兰达并不是完全孤独的，他们的同伴是莎士比亚笔下最奇怪的角色之一——卡列班，一种半人半兽的生物。尽管之前普洛斯帕罗对他很好，但因为他企图强奸米兰达，卡列班受到了严厉的惩罚，成了普洛斯帕罗的奴隶。

普洛斯帕罗有个精灵仆人，名为爱丽儿。他用法术将爱丽儿从一棵树中解救出来。爱丽儿是被卡列班的母亲——一个女巫——囚禁于此的。爱丽儿属于自然，普洛斯帕罗与爱丽儿的关系非常复杂。他承诺给爱丽儿自由，但要求爱丽儿先帮他实现计划。整部戏里，从我们第一次见到爱丽儿开始，他就对普洛斯帕罗说："我何时才能获得自由？你什么时候才放了我？"爱丽儿身上有种戏谑和易亲近的东西。他渴望被赞扬，当他受到称赞时会极度喜悦。

魔法师召唤爱丽儿，商议关于遇难船只的事情。普洛斯帕罗把他的敌人带上岸，不只是为了清算旧账，也是为了他女儿的未来。船上的幸存者之一是弗迪南德，那不勒斯国王之子。爱丽儿唱了一支迷人的曲子，将这个年轻人带到了米兰达的面前。这是她第一次见到年轻的男子，米兰达对他一见钟情。普洛斯帕罗对弗迪南德仍有所保留，因为在过去，王子们身上多多少少都带有些花花公子的习性。年轻的弗迪南德身边常有年轻女士环绕，而普洛斯帕罗十分希望他和米兰达之间的关系不只是肉体上的相互吸引，他希望他们情投意合：

> 普洛斯帕罗 ……一句话，我命令你用心听好。你在这里僭窃着不属于你的名号，到这岛上来做密探，想要从我，这海岛的主人手里把这岛盗了去，是不是？
>
> 弗迪南德 凭着堂堂男子的名义，我否认。
>
> 米兰达 这样一座殿堂里是不会容留邪恶的，要是邪恶的精神占有这么美好的一所宅屋，善良的美德也必定会努力把它争夺过来。
>
> 普洛斯帕罗 跟我来。不许帮他说话，他是个奸细。[1]

---

1 [英]威廉·莎士比亚：《莎士比亚全集》（第7卷），朱生豪、孙法理译，南京：译林出版社，1998年，第321页。

普洛斯帕罗显然在跟自己做斗争，他一面试图掌控这次相遇，使其按照既定的方向发展，一面又不想让它马上发生。莎士比亚把这一切都戏剧化了。普洛斯帕罗担心弗迪南德太轻易就得到了她，便不会珍惜。

阅读莎士比亚的作品时，读者会好奇有多少东西是来自莎士比亚的亲身经历。但相比其他作品，《暴风雨》会引发更多这样的猜想。几乎所有的作家都会借鉴自身的经历来写作。莎士比亚在写作《暴风雨》时，正在担心他的小女儿朱迪思，她正与一个并不是很可靠的男人交往。这些为人父母的焦虑，在一定程度上也是这部戏的一部分。当然，我们对此并不确定，但莎士比亚这位实验剧作家，必定是下了决心去探索一些大胆的、根本性的思想。莎士比亚借用这座魔法岛屿，探讨了关于人性的真相：我们是邪恶的还是善良的？在岛的另一侧，背叛普洛斯帕罗的弟弟和同谋者们正努力地找到方向。他们之中有一个年长的人物——贡柴罗（Gonzalo），他不是背叛者，而是普洛斯帕罗忠实的朝臣。在这片未开垦之地，他梦想着心中的理想社会：

> 在这共和国中我要实行一切与众不同的方式；我要禁止一切的贸易：没有地方官的设立；没有文学；富有、贫穷和雇佣都要废止；契约、承袭、疆界、区域、耕种、葡萄园，都没有；金属、谷物、酒、油，都没有用处；废除职业，所有的人都不做事；妇女也是这样，但她们是天真而纯洁；没有君主——
>
> ············
>
> 大自然中一切的产物都不须用血汗劳力而获得：叛逆、重罪、剑戟、刀、枪炮以及一切武器的使用，一律杜绝；但是大自然会自己产生出一切丰饶的东西，养育我那些纯朴的人民。[1]

这种彻底的平等主义设想在那时完全是异端邪说。不过，贡柴罗的乌托邦梦想很快破灭了。就在他刚描述完那一切，莎士比亚就迅速地推出了实现这个梦想的障碍。在其他幸存者睡觉的时候，普洛斯帕罗篡位的弟弟安东尼奥为了让他

---

1 [英]威廉·莎士比亚：《莎士比亚全集》（第7卷），朱生豪、孙法理译，南京：译林出版社，1998年，第329页。

们两人获取更多的财富和更大的权力，试图劝说他的密友谋害普洛斯帕罗。随着剧情的发展，莎士比亚进一步深入地探讨了人性的黑暗面。卡列班遇到两个幸存的、醉醺醺的船员，他们达成了交易，他详细地告诉他们如何杀死魔法师，然后成为这座岛的国王。所以，是否任何人都能被委以权力这个问题支撑着这部戏，甚至适用于普洛斯帕罗自己。普洛斯帕罗的能力与他人不一样，他的魔力来源于知识、书本，这是17世纪的观众熟知的观念。戏中人们看到的智慧之一是好魔法和坏魔法之间的微妙平衡，这种张力贯穿整部《暴风雨》。应如何运用知识和科学的力量，这是个永恒、普遍的问题。普洛斯帕罗的良善面似乎占据了上风，他没有理会针对他的阴谋，而是全心全意专注于女儿的婚恋。他开始意识到弗迪南德是爱他女儿的并开始放手。他促成了他们的相遇，也考验了王子，最终，他准备好同意这段婚姻了。普洛斯帕罗施展法术，变出一场音乐宴会，召唤天上的女神来庆祝他们的婚约。这是个欢乐的时刻，但欢乐没有持续下去，普洛斯帕罗突然停止了法术。他之所以停下来可能是因为他知道了卡列班他们的阴谋，也可能是因为他觉得呈现在女儿面前的人生太过于理想化了。但莎士比亚还有另一个目的，眼前消逝的景象激发了普洛斯帕罗最透彻的感悟。他对这对年轻夫妇说了一段富有诗意、令人慰藉的独白，谈到了生命本身的脆弱和易逝：

> 王子，你看上去似乎有点惊疑。高兴起来吧，我的孩子，我们的狂欢已经结束了。我们的这些演员们，我曾经告诉过你，原是一群精灵，都已化成淡烟而消散了。如同这段幻景的虚妄的构成一样，入云的楼阁，瑰伟的宫殿，庄严的厅堂，甚至地球自身，以及地球上所有的一切，都将同样消散，就像这一场幻景，连一点烟云的影子都不曾留下。[1]

这里他使用了一个短语"地球自身"（the great globe itself）。当然，"globe"指的是这个世界、这个地球，但"globe"也是他剧院的名字——环球剧场（Globe Theatre）。这里所有的表演、创作的一切都会消失，它们不会永远

1　[英]威廉·莎士比亚：《莎士比亚全集》（第7卷），朱生豪、孙法理译，南京：译林出版社，1998年，第358—359页。

存在。所以，从这个意义上说，这里是有自传性元素的。生命中的一切就像一连串的幻景，就如同舞台上的一幕幕戏，到最后我们所做的一切，都像是在沙滩上写字，下一轮潮水涌来，我们优美的字迹就都被冲刷殆尽。用这种方式来理解我们的人生，"构成我们的料子也就是那梦幻的料子，我们短暂的一生，都环绕在酣睡之中"[1]。所以，一种强有力的东西拨动了普洛斯帕罗的心，他与那些曾经有愧于他的人达成和解。普洛斯帕罗决定，他要做出最终的自我牺牲，他要放弃他的魔法。这一放弃带着一种特殊的辛酸，因为在某种程度上，莎士比亚是在写自己。与普洛斯帕罗一样，莎士比亚在几十年间发挥他的想象力，但《暴风雨》之后，他不再写作了。

所有人都有资格获得自由这个观点在这部戏里非常鲜明。普洛斯帕罗信守对爱丽儿的诺言，给了他自由，并且他似乎也宽恕了卡列班。就这样，在最后一部作品的结尾，莎士比亚告诉我们，对宽恕的追求是能够实现的。不仅是《暴风雨》，《冬天的故事》也如此：无中生有的通奸指控让父母与骨肉分离，历经无数悲哀坎坷，16年后又重新团聚，父女、母女相认，死去的人复活（实际上没有死去），犯错的人得到宽恕，一切得到和解。

普洛斯帕罗设法去宽恕，而这样做也让他自己得到了自由。在收场诗中，不再拥有魔法的普洛斯帕罗提出了一个再简单不过的请求——他走上前，请求观众给他自由：

> 现在我已把我的魔法尽行抛弃，
> 剩余微弱的力量都属于我自己；
> ⋯⋯⋯⋯⋯⋯
> 正如你们旧日的罪恶不再追究，
> 让你们大度的宽容给我以自由！[2]

1　"We are such stuff as dreams are made on, And our little life is rounded with a sleep" 朱生豪译为"我们都是梦中的人物，我们的一生是在酣睡之中"。参见[英]威廉·莎士比亚：《莎士比亚全集》（第7卷），朱生豪、孙法理译，南京：译林出版社，1998年，第359页。

2　[英]威廉·莎士比亚：《莎士比亚全集》（第7卷），朱生豪、孙法理译，南京：译林出版社，1998年，第373-374页。

写完《暴风雨》后，莎士比亚永远离开了伦敦，回到了斯特拉特福，两年后去世，年仅52岁。《暴风雨》是不同寻常的，不仅仅因为它的智慧和人文关怀，还因为，较之莎士比亚的其他任何作品，它都更让我们接近书写它们的那个人。在《暴风雨》中，通过普洛斯帕罗这个人物，我们前所未有地走进了天才威廉·莎士比亚的心灵。

第三节　莎士比亚戏剧的银幕新生

莎士比亚作品中的女性意识、存在意识、生态美学、历史—政治启示，特别是对人性的探讨，虽然历经四个世纪，其言词不时显得古老、冗长，然而仍然可以引起现代人的共鸣，其思想内核常能以一种不可思议的现代感打动人心。莎士比亚对人性的深刻理解及其对语言的运用自如让他的作品在舞台上经久不衰。不只在西方，中国的舞台也经常上演莎剧，但也有论者指出，"低劣的莎剧表演的浮夸模糊了这种戏剧诗篇的精髓"[1]，而且当想到莎士比亚时，我们第一个想到的不会是动作和舞蹈。我们会想到语言，然而有些东西不能通过语言表达出来。如果能把莎士比亚的文本表演出来，会比纯用语言更为有力。所以，"电影这种新的表现手段，以它起强调作用的近景镜头，在突出和烘托言词的涵义方面大有可为"[2]。

从电影出现的最早几年开始，电影制作者们就发现莎士比亚的剧本是很吸引人的电影题材。早在1899年，赫伯特·比尔博姆·特里爵士（Sir Herbert Beerbohm Tree）就开始对着摄像机表演《约翰王》中的场景。随后一年，莎拉·伯恩哈特（Sarah Bernhardt）女扮男角，出人意料地主演了哈姆莱特。在有声电影出现之前，超过300部电影[3]，长度从几分钟到几小时不等，使用了莎士比

1　[英]罗吉·曼威尔：《莎士比亚与电影》，史正译，北京：中国电影出版社，1984年，第8页。

2　[英]罗吉·曼威尔：《莎士比亚与电影》，史正译，北京：中国电影出版社，1984年，第8页。

3　罗吉·曼威尔在《莎士比亚与电影》中指出，在无声电影时期，由莎士比亚剧作改编的影片，已考证的有约四百部。

亚的情节和标题。有声电影到来之后，速度有点放慢，但每十年莎士比亚电影的列表上仍至少要增加两三部。

电影制作人从莎士比亚作品中寻找素材似乎是不可避免的。诚然，叙事电影产生了无数完全原创的叙述，经构思成了电影。然而，它也从其他叙述来源——小说、短篇故事、史诗、圣经、传说、叙事诗、历史中不断取材，当然，还有戏剧，所有这些都被改编以适应银幕的要求。英语文学中最伟大的戏剧大师的作品不可能被忽视。

莎士比亚的戏剧本身就可作为电影的素材，因为在很多方面其戏剧场景都类似于电影场景。莎士比亚为之写作的那种舞台形式促使他用一种极其近似电影剧本结构的方式来构思他的剧作。如一位作家所说："莎士比亚的一些小剧本，如《亨利五世》，其诗歌与各种即时动作密切相关，人物性格可快速瞥见，比那些两三个场景的现代戏剧更容易改编成为电影。"[1]乔治·库克（George Cukor）导演的影片《罗密欧与朱丽叶》的制作人艾尔文·萨尔伯格（Irving Thalberg）解释说，莎士比亚的方法，"与编剧一样，不是写在行动上而是在场景中——这些戏剧性的场景涉及他的人物生活中的决定性时刻……这些场景由一些用来介绍人物和展示行动中间阶段的小插曲编织成一部动人的戏剧"[2]。戏剧与电影场景之间更多的相似性是莎士比亚"打散他的戏剧行动，并且把它分散到一系列不同的地方和不同的时间中，他使用战争、王室盛会和那些被称作独白的特写使动作呈现不同的类型"[3]。

莎士比亚戏剧和电影场景的确有许多相似之处，但它们也给改编者带来很多必须要战胜的困难。困难之一就是事件的呈现在戏剧中只是讲述，剧院的观众接受舞台内部行动的惯例，而电影观众期望看到所有重要场景。将现代戏剧改编成电影的习惯做法是编剧写出必要的场景。在莎士比亚电影中，这些场景通常是无声展现的，或者从戏剧的其他部分搬来少量对话。除了这个问题，另一个困难就

1　Roger Manvell: "The Film of Hamlet," *The Penguin Film Review*, No. 8, London: Penguin Books, 1949, p. 19.

2　Irving Thalberg: "Picturizing Romeo and Juliet," *Romeo and Juliet, A Motion Picture Edition*, New York: Random House, 1936, p. 14.

3　Roger Manvell: "The Film of Hamlet," *The Penguin Film Review*, No. 8, London: Penguin Books, 1949, pp. 18-19.

是莎士比亚戏剧是完全根据伊丽莎白时代的剧院来构思的，戏剧中有些过时的习俗，偶尔还有古老的词汇，并且语言具有丰富的意象，摄影图像往往会显得太具象化。

的确，摄影图像和莎士比亚的文学意象之间的不同是戏剧与电影之间的本质区别之一。在剧院中是话语控制注意力，而在屏幕上视觉形象通常是最重要的。因此，试图在主要的视觉媒介中呈现一部并非从叙事线索（莎士比亚戏剧的大多数情节都不是原创的）而是从其书写的宏伟诗歌中实现伟大价值的作品，就几乎成了一种矛盾。

然而，莎士比亚改编者必须面对的另一个问题是改编的必要性，因为电影制作耗资巨大且面向的观众群体更加广泛。库克执导的《罗密欧与朱丽叶》的学术顾问威廉·斯特伦克（William Strunk）讲述了电影制作人的困境："他们必须以这样一种形式呈现剧本——那些已经知道其韵文台词并在舞台上多次看过的人会欢迎它在新媒介中出现。同时，他们必须确保很大一部分从未目睹过现场表演和可能没有读过剧本的公众能接受它。"[1] 为劳伦斯·奥利弗导演的《哈姆莱特》准备了简略脚本的艾伦·登特（Alan Dent），很坦率地解释说："我们不得不在让两千万名观众觉得意思清楚和招致莎士比亚专家批评之间做出选择。"[2]

把莎士比亚戏剧改编成电影所面临的最后也是最重要的一个困难——它是上述所有困难的原因——是莎士比亚在英语文学中的独特地位。毕竟，莎士比亚不只是一个剧作家，一个伟大的剧作家，而且是一个艺术宝库。如果制作纯粹的电影艺术作品和保存我们所知道的莎士比亚精髓之间存在冲突，电影制作者必须放弃自我，做出某种程度的艺术妥协。也就是说，直接用莎士比亚不经改编的剧本来创作一部完全成功的电影几乎是不可能的，因为为了保存莎士比亚原作的精髓，电影制作者必须牺牲一些电影艺术的表现力。这里说"几乎"是指有例外的情况。由于所选戏剧的特殊品质和导演的非凡眼光，他们能看到这些品质，有些莎士比亚电影效果相当令人满意，比如奥利弗的《亨利五世》，比之前任何舞台制作都更好地实现了这部戏的全部意义。

1　William Strunk, Jr.: "Forward to *Romeo and Juliet*," *Romeo and Juliet, A Motion Picture Edition*, New York: Random House, 1936, p. 22.

2　Meredith Lillich: "Shakespeare on the Screen," *Films in Review*, 1956, No. 7, p. 253.

历史上的一些杰出制片人、导演和演员（如上面提到的英国的奥利弗、美国的奥逊·威尔斯、日本的黑泽明和苏联的格列高里·柯静采夫等）都采用了各不相同的方式以及独特的技巧，使莎士比亚戏剧的情节和结构、他的人物和诗篇极富感染力地在银幕上展现。但是，在讨论莎剧改编为电影的历史之前，有些问题需要界定："莎剧电影"到底是什么意思？在什么意义上，它与莎士比亚的戏剧不同？莎剧电影，是剧本根据电影的方法和资源构思的一个产品，它不是舞台制作的摄影记录。这些电影极具价值，因为它们给数百万没法观看舞台剧的人带来了精彩的表演，并且对戏剧史学家来说也必不可缺。但"莎士比亚的"这个定语难以确定。什么是电影制作者必须保存的"莎士比亚的精髓"？情节的基本轮廓改编自莎士比亚是否足够？一部莎士比亚戏剧，最重要的是语言。所以有学者坚持，不使用莎士比亚语言的电影都不属于莎剧电影。如果运用这条标准的话，那么不但所有关于莎士比亚作品的无声电影都要被排除在外，而且所有的非英语"莎士比亚"电影也要被排除在外。所以，莎士比亚的语言当然是必不可少的，但那些"基于"或"灵感来自"莎士比亚戏剧的电影也同样可以称作"莎剧电影"。

最早的莎剧改编电影是无声的，这种戏剧材料和表现媒介的合作可以看作是自然对立力量的联络者：一个富有想象力地通过诗意用词的暗示力量唤起形象，另一个不仅用图像侵蚀话语的力量，而且完全从其表演空间中驱逐了话语。在默片时代，莎士比亚电影是非常流行的，从1895年（电影诞生）到1927年（第一部有声电影发行），总共大约有300部莎剧电影被制作出来（其中约40部保存了下来）。在一个电影行业急切且频繁转向各种文学和戏剧资源——两者都能满足其对叙事材料的巨大胃口并且给予它艺术尊严的时代，相比于其他文学家或剧作家的作品，莎士比亚的作品是这个时期最常被改编的。

在整个默片时代，电影产业都被关于其题材粗俗的指责所困扰，人们强烈地感到想要摆脱相关的社会和道德污名。电影制作公司、经销商和放映商们找到的减轻诽谤的最有效途径是使用能抵制诽谤的素材。因此，为了避免他们的电影被指责为堕落的，他们转向从文学和戏剧传统中寻找灵感。而且，法国和意大利的"艺术影片"运动也使莎士比亚戏剧在这两个国家获得推崇，莎剧影片的拍摄得到倡导，"它们通常是以历时五分钟或十分钟的笨拙的哑谜形式，突出表现几部比较有名的戏的主要场景"[1]。

默片时代的莎剧电影一个突出缺点是在处理和表演上过于剧场化，这一时期幸存下来的少数优秀、真正有表现力的莎剧电影之一是约翰·福布斯－罗伯逊爵士（Sir Johnston Forbes-Robertson）和塞西尔·赫普沃斯（Cecil Hepworth）于1913年拍摄的《哈姆莱特》。这部电影放映时长有1小时40分钟，并附有由柴可夫斯基作品改编的特制配乐；除在摄影棚里搭建内景，还采用了精心设计的外景。主演福布斯－罗伯逊的表演在摄影机前把握良好，动作优美，姿势协调，"虽说有些内景场景过于受剧场演出的束缚，却演得带有天然的尊严和节制"[2]。

第一部莎剧有声电影是萨姆·泰勒（Sam Taylor）导演，玛丽·璧克馥和道格拉斯·范朋克主演的《驯悍记》。这部影片在发行时准备了无声和有声两种版本，但有声版并不成功。而且，对于现代观众来说，这是一部不讨喜的戏，因其涉及现代女权主义。但把"驯服"妻子看作是一个煞费苦心的玩笑，很容易被没有鉴赏力的低俗观众接受，引逗他们哈哈大笑，所以这出戏也幸存下来了，现在仍在舞台上演出。

从20世纪30年代到90年代，莎士比亚戏剧在电影中的展现以种类繁多为特征，从标志性的对文本权威持恭敬态度的"主流"电影，到一系列创新型电影，包括现代化电影、衍生或非英语莎剧电影，以及跨文化莎剧电影，比如黑泽明的《蜘蛛巢城》（*Throne of Blood*，1957）和《乱》（*Ran*，1985），这两部电影把《麦克白》和《李尔王》搬到了日本的战国时代。

有声电影的第一阶段是好莱坞的迷人浪漫曲，其代表是威廉·狄特尔（Dieterle）和马克斯·莱因哈特（Reinhadt）的《仲夏夜之梦》（1935），以及乔治·库克执导、艾尔文·萨尔伯格制作的《罗密欧与朱丽叶》。[3]这类好莱坞制作的两个小时的电影，因门德尔松和柴可夫斯基的抒情音乐成为迷人的浪漫曲。舞蹈使情人的诗歌可视化（莱因哈特的电影中有即兴的童话芭蕾舞剧，库克

1　[英]罗吉·曼威尔：《莎士比亚与电影》，史正译，北京：中国电影出版社，1984年，第18页。

2　[英]罗吉·曼威尔：《莎士比亚与电影》，史正译，北京：中国电影出版社，1984年，第21页。

3　这一时期还有保罗·秦纳的《皆大欢喜》，但没有给人留下多少印象。

的电影中有传统的文艺复兴舞蹈），尽管这些都是不同类型的浪漫传奇：库克用写实的方法和逼真的描绘使电影置于一个"真实"的文艺复兴时期的维洛那，而莱因哈特则投入浪漫幻想，利用梅里爱（Georges Méliès）式的幻想模式来转化莎士比亚戏剧的言语诗学。

库克的《罗密欧与朱丽叶》引发了一系列直白的"经典"改编，它们试图在尽量接近剧本的同时实现戏剧的成功可视化。这部电影体现了现实主义呈现模式，并且优先考虑历史、景色的真实性。开场的广角镜头展示阳光下的广场、广场上的钟楼、五颜六色的市场、拥挤嘈杂的街道、商人和工匠的日常工作，带领观众认识一幅由优雅的拱廊和精致的建筑构成的15世纪维洛那的生动场景。房屋、服装（如穿白色长袍的妇女和紧身衣的男子）和背景（如绘画和壁画）也追求局部的真实和语境的准确。从这个意义上说，电影可以说是某种注重背景细节的"纪录片"，它不属于电影制作，因为它侧重于个人的爱情而不是社会悲剧维度。

延续20世纪30年代好莱坞光辉的是劳伦斯·奥利弗和奥逊·威尔斯执导和表演的三部曲[1]，这些创作遵循现实主义电影的原则，并以生动的真实为标志。与此同时，20世纪六七十年代，黑暗悲观主义盛行，发行的"政治"莎剧电影都设置在荒凉、寒冷和北方风景的场景中，格列高里·柯静采夫（Grigori Kozintsev）导演的《哈姆莱特》（1964）和《李尔王》（1970）以及彼得·布鲁克（Peter Brook）导演的《李尔》（1970）中都有体现。同时，在罗曼·波兰斯基（Roman Polanski）导演的《麦克白》（1971）中，国家暴力占据了核心的自然主义主题。20世纪80年代出现了一些激进的先锋实验电影——德里克·贾曼（Derek Jarman）执导的《暴风雨》（1979）和切莱斯蒂诺·科罗纳多（Celestino Coronado）执导的《仲夏夜之梦》（1984），以及元电影概念莎士比亚——让-吕克·戈达尔（Jean-Luc Godard）执导的《李尔王》（1987）和彼得·格林纳威（Peter Greenaway）执导的《普罗斯佩罗的魔典》（1991）。这些作品不是以恭敬的态度"呈现"其戏剧模型，而是"解释"或者完全改造戏剧。

---

1 奥利弗的经典三部曲为：《亨利五世》（1944）、《哈姆莱特》（1948）、《理查五世》（1955）。威尔斯的经典三部曲为《麦克白》（1948）、《奥赛罗》（1952）、《午夜钟声》（1965）。下文将有详细论述。

同时，一些跨文化改编的电影也相继出现。黑泽明把《麦克白》改编成《蜘蛛巢城》（1957）后，又延续了其黑色风格，拍摄了《懒汉睡夫》（*The Bad Sleep Well*，1960）。这部电影是注入了《哈姆莱特》特质的一次改编。虽然导演否认影片受到莎剧影响，但这部电影批评了现代日本公务员和腐败的商业世界，与莎士比亚的戏剧有不少相似之处。比如，男主角在他父亲反常死亡之后，为了复仇，不惜与敌对的大企业家为伍，并娶了他跛脚的女儿，借此势力，他将仇人一个个消灭。他成功地揭露了公司的违法行为（腐败、谎言及其成员的恐吓），但他功亏一篑，因他未能及时行动，最后死于敌人之手。影片中事件发生的顺序以及暗淡阴沉的气氛与莎士比亚的戏剧呼应，主人公的拖延和他旨在揭露罪恶的"舞台"演出，使得电影被认为具有《哈姆莱特》的元素。1987年，芬兰导演阿基·考里斯马基（Aki Kaurismäki）也拍摄了《哈姆莱特》的现代黑色电影版本。这部黑白片是在芬兰制作的，总共86分钟，显然是对莎士比亚作品的改编，这也反映在其标题——《王子复仇新记》（*Hamlet Goes Business*）上，并且叙事也严格遵循原著的情节。老哈姆莱特被他背信弃义的兄弟克劳斯谋杀，刚毅坚定而自信的葛特露因得不到家庭的温暖而与副总克劳斯偷情，克劳斯和波洛涅斯接管了家族企业，怀疑和监视随处可见——这些都是电影中的莎剧特征。甚至密探罗森格兰兹和吉尔登斯吞也可以在奥斯陆（Oslo）和瓦伦贝里（Wallenberg）找到他们的现代对应者。然而，如果说这部电影对深受危机影响的芬兰（该片成了对芬兰20世纪80年代那场金融大溃败最精准的预言）和腐败的商业世界的讽刺反映了复仇悲剧（野心、谋杀和仇恨）的主题，那么全面致力戏仿则使电影成了半开玩笑的创造，其最终似乎暴露了悲剧的本质。

黑泽明和考里斯马基的两个改编版本在拍摄手法上有相似之处，比如，使用明暗对照法和用光明与黑暗之间的对立效果暗示主要象征对立。不过，黑泽明的电影着眼于悲剧的社会层面，揭示了集体的缺陷；相比之下，考里斯马基平衡集体与个人责任，从而突出人格的普遍扭曲，以及受到的无处不在的腐败的束缚。

1985年，黑泽明还以莎士比亚的《李尔王》为灵感，取日本战国时代的一段寓言故事，拍摄了《乱》。《乱》是对《李尔王》的一种"自由"和间接改编，类似于《懒汉睡夫》。这部电影把莎士比亚戏剧融入其中，是一部浓缩情节和融合人物的划时代电影。在几次采访中，黑泽明解释说，他想简化情节，消除"无用的细节"，减少人物的数量，并选择精辟的对话，因为他认为莎士比亚戏剧的角色一般都话太多了。[1]

莎剧这种庞大而复杂的材料需要限制性的主观选择和基于双重视角——历史与美学——的对比方法。所有的电影作品都揭示了不同的美学策略和各种再现方式（从舞台到电影）之间的交织和振荡。电影剧本的作者首先做出选择，他们选择、恢复、删除、简化和改变对话和词汇。当操纵摄像机并把每帧画面组合起来时，导演在书写电影的叙事。其个人选择可能出于戏剧这种体裁的惯例，并且以某种方式宣称自己使用了电影媒介，如使用紧凑的框架，特写和大特写，长镜头和高、低角度传达特定的印象，创造意义，赋予叙事节奏。高、低摄像角度的变化使人物之间的关系和层次结构变得可视化，而宏大和严谨的框架之间的变化使观众和演员之间产生共谋或疏远感。

20世纪30年代到90年代，有超过80部借鉴莎士比亚作品的电影发行。尽管很难得出明确的结论，但一个令人吃惊的事实是，大多数电影都改编自悲剧——约有60部电影改编自莎士比亚悲剧，而悲剧中又大多数改编自《哈姆莱特》。并不是特定时期偏爱悲剧，而是整个世纪都是如此。除了纯粹的定量问题，还有术语问题。"莎士比亚电影"这个术语涵盖了范围宽广的一系列电影，从只是借用或影射莎士比亚戏剧的电影到明确宣称自己是"直接"改编的电影（这些电影的叙事直接源于戏剧的行动和事件）。

如果我们把改编看成一个双重过程，既是模仿也是致敬，这就意味着艺术家对其来源可以采取不同的态度。所以，学者乔根斯（Jorgens）根据三种不同的程度或水平的改编对莎士比亚的电影进行了分类：首先是"呈现"，指的是电影基本上是以戏剧文本为基础，尊重文本权威，也有删除和转换。其次是"解释"，适用于尊重文本又混合个人创新的电影，在这类电影中艺术家试图维护他的视野，在影片中对戏剧进行重新构想或改编。第三是在"改编"的过程中，艺术家表现出完全的独立性，导致戏剧模型的变异。这里，戏剧只是假托，"改编"标

---

1 Anne-Marie Costantini-Cornède: "Shakespeare on Film, 1930–90", *The Edinburgh Companion to Shakespeare and the Arts,* Edinburgh: Edinburgh University Press, 2011, p. 496.

志着衍生、越轨、现代化、戏仿、文化挪用以及各种分支。[1]乔根斯继续对这几种不同模式的改编做出区分。它们是：戏剧经典模式，它与剧院现场有一定的相似性（固定的摄像头，近景和焦点在演员，前景定位，面对摄像机）；现实模式，其真实地反映历史文化，创造出逼真感（真实感通过真实的属性和场景呈现，然而景观通过长镜头实现，包括广阔的前景）；电影或诗意模式，其中电影制作人充分发挥电影语言的潜能，展现自己的视野，并擅于用简短的文字段落做出丰富的视觉或听觉推断。例如，在劳伦斯·奥利弗和肯尼恩·布拉纳二人执导并主演的《亨利五世》（前者拍摄于1944年，后者1989年）中，40分钟的阿金库尔战役都是基于原剧本的几行台词进行创作的。同一部电影可能出现纯粹戏剧时刻与纯粹电影时刻的交替。蒙太奇也提供信息和建立意义。平行蒙太奇的镜头常常在战争系列中使用。编辑的影响——通过编辑，叙述要么明确流畅，要么支离破碎、内化和主观——也定义了导演的风格。

20世纪90年代开始可以说是"肯尼思·布拉纳时代"，这位来自北爱尔兰，集演员、导演、制片人、编剧等诸多身份于一身的人可以说是20世纪90年代以来莎士比亚电影的中心，他获奖无数，最重要的是他在银幕上对莎剧的开创性解释，其效果和影响长期存在。肯尼思·布拉纳（Kenneth Branagh）1989年执导并主演的《亨利五世》标志着莎士比亚银幕复兴的开始。在很多方面，他的《亨利五世》宣告了与过去的决裂，与自奥利弗1944年的同名电影以来建立和固化的有关莎士比亚的建构和观点决裂。

《亨利五世》之后，布拉纳自导自演了《无事生非》（*Much Ado About Nothing*，1993，另译为"都是男人惹的祸"）。在这部充满活力的莎士比亚喜剧中，阳光明媚的意大利是一个充满欢乐的地方，在壮观而华丽的场景下演绎着精巧的骗局与美丽的爱情故事。在展示女性如何积极争取发声权及社会领域控制权方面，《无事生非》是布拉纳重新创造的莎士比亚影片中引人注目的一部。

布拉纳的下一部莎士比亚电影《哈姆莱特》也密切关注了那些被压制的女性声音。他另外两部莎剧电影是《爱的徒劳》（2000）和《皆大欢喜》（2006）。相比《哈姆莱特》，《爱的徒劳》删节了很多，并且布拉纳把它变成了浪漫的好

1　Jack J. Jorgens: *Shakespeare on Film*, Lanham, MD: University Press of America, 1991, pp. 7-16.

莱坞音乐剧。布景及服装设计让人想起1939年的欧洲，音乐（20世纪30年代经典百老汇歌曲）和纪录片风格的画面也具有时代特征。布拉纳改写了莎士比亚，让诗人融入电影遵从的线性叙事。《皆大欢喜》中，布拉纳将戏剧的场景从中世纪的法国搬到了19世纪晚期明治维新之后日本的欧洲殖民地。布拉纳把老公爵的宫廷描绘成英国的一个前哨站，它的统治者欣赏日本文化：虽然大多数居民穿着欧洲服装，但老公爵和他的兄弟却穿着日本服装。前哨站中每位英国妇女都用扇子遮住脸，发型也是日式。当被放逐的人物前往亚登森林时，日本和西方演员都扮演其中的居民。尽管文化错位，莎士比亚的语言和人物的名字保持不变。电影紧跟莎剧的情节，虽然有批评家称赞其场景设置，有人却觉得它无用和不相关。尽管《皆大欢喜》的剧场公映有限，但它实质上是HBO[1]资助的一部电视作品，也许莎士比亚电影的布拉纳品牌已被其他品牌所接替。不过，他的一系列莎士比亚电影仍然是一项重要成就并具有启示作用，他把一个明确的文化标志放在新千年的两边。

当然，布拉纳代表的只是一个层面，在当代莎士比亚电影这个不断改变的领域中，它包括相关的好莱坞产业、民间创作和不同语言中的一系列改编和挪用。过去十多年来，莎士比亚电影导演的名字仍在不断增加。印度导演维夏·巴德瓦杰（Vishal Bhardwaj）的《麦克白》（*Maqbool*，2003）和《奥姆卡拉》（*Omkara*，2006），前者改编自《麦克白》，后者改编自《奥瑟罗》，对莎士比亚进行了本土化实践。《麦克白》和《奥姆卡拉》使莎士比亚戏剧与"宝莱坞"的电影风格相融合。影片导演在另类文化认同中重新表达了剧作的精髓。

朱丽·泰莫（Julie Taymor）是史上第一位得到托尼奖的百老汇音乐剧女导演，她执导电影与执导戏剧一样轻松自如。凭借1999年发行的《泰特斯》（*Titus*）和一直以来被誉为具有审美愉悦性版本的《暴风雨》（2010），她确立了自己作为莎士比亚的重要阐释者的地位。《暴风雨》中，泰莫打破戏剧传统，用女演员扮演普洛斯佩罗的角色〔海伦·米伦在电影中扮演普洛斯佩拉（Prospera）〕。泰莫的作品，通过反思男性和女性的构造，富有想象力地重塑了莎士比亚的戏剧。

在某种意义上，莎士比亚电影中一个潜在概念的展开构成了对围绕在莎士比

1　Home Box Office，有线电视网络媒体公司，总部位于美国纽约。

亚词语周围的文化联想的反应。有论者指出："已有定论的作品中新'涵义'的发现，以及在舞台和银幕的表现上进行的种种试验，必将影响到对莎士比亚作品的处理。"[1] 20世纪90年代以来的莎士比亚电影和当代批判反思方式一致：它们是属于此刻的。如此运作的莎士比亚电影也拥有了国际视野。所以，在莎剧电影批评中需要"包容，集成（和）意见的分歧"[2]，这与诗人当前已牢牢成为一个全球现象相关。莎士比亚电影已呈现多元化，随着全球资本的流动，人们将继续挖掘莎剧的意义和应用，莎剧也将以开放的姿态欢迎各种重塑和改造。

1　[英]罗吉·曼威尔：《莎士比亚与电影》，史正译，北京：中国电影出版社，1984年，第155页。

2　Ramona Wray: "Shakespeare on Film in the New Millennium", *Shakespeare*, 2007, Vol. 3, No. 2, pp. 270-282.

第二章

莎士比亚戏剧的经典改编

第一节　戏剧经典与大众时代

戏剧是莎士比亚时代的重要艺术形式，即便在莎士比亚以后的许多年里，它仍然具有不可替代的艺术地位。电影产生于莎士比亚之后的两三百年，起初，它受到来自中产阶级的鄙夷和排斥，人们拒绝承认它的艺术地位，认为它只是"新的科学玩具"或"记录手段"[1]，电影显然是正统艺术领域的"不速之客"。它所经历的从不被认可到成为公认的"第七艺术"的过程，体现的正是时代的审美差异和艺术观念的流变。

一、电影的闯入

莎士比亚的时代，戏剧是重要的娱乐方式，上至贵族，下至平民，戏剧受到人们的广泛喜爱。这是英国国力上升的时代，是金融资本、经济贸易、科学文化等工业革命的条件逐渐积累并蕴蓄能量的时代。在这风云际会的动荡时期，莎士比亚用他天才的方式创作了流芳百世的作品，也讲述了一个个属于这个时代的生动活泼的故事。莎士比亚的戏剧主题广泛，包括爱情、伦理、历史、宫廷等，不论什么样的主题，莎士比亚总能讲出精彩纷呈的故事。无论是《仲夏夜之梦》的情感纠葛，还是《皆大欢喜》里的流亡与爱情；无论是《哈姆莱特》的觉醒与复仇，还是《麦克白》中的权谋与猜忌；无论是悲剧还是喜剧，是自由浪漫的爱情还是阴郁沉痛的罪恶，莎士比亚的故事总会受到人们热烈的追逐，后世对其作品的演绎层出不穷，代代不息。

莎士比亚之后的两三百年，戏剧经历了一系列变革，但其依然是重要的艺术

1　[法]让·米特里：《电影美学与心理学》，崔君衍译，南京：江苏文艺出版社，2012年，第346页。

形式，是中产阶级的"精神象征"[1]。直到摄影术的诞生、机械复制时代来临，尤其是连续摄影技术发明之后，电影这种新兴的艺术形式逐渐进入市民的生活。1895年12月28日，法国摄影师路易·卢米埃尔在巴黎的咖啡馆用活动电影机首次放映电影，这被认为是电影诞生的标志。他所拍摄的仅一分多钟的影片《工厂大门》，被认为是世界上第一部电影。[2] 电影通过活动的照片来记录和再现运动，摄影机将一种客观的真实呈现在银幕上，迅速吸引了人们的目光。在戏剧就是演出或表演的代名词的时代，电影的生长和所有新事物的生长一样，遭遇质疑、否定和排斥，也如所有顺应时代的新事物一样，它必然地走向了兴盛和繁荣，在不久后的几十年里成为不可替代的艺术形式。

电影闯入戏剧领域，犹如摄影术闯入绘画领域，令人不安，也引起无数争议。最初，人们借助电影来对舞台演出进行记录和保存。因此，电影并未被认为是一种艺术，而只是活动的再现和戏剧的复制。后来梅里爱[3]的"魔术照相"手法创造了戏剧舞台无法呈现的幻境，电影因此吸引了越来越多的大众前来观赏。即便如此，持"正统艺术"观念的保守中产阶级仍然将电影视为"无任何审美追求的'实用媒体'之列"[4]。

早期的电影，的确不乏以舞台戏剧为基础的直接录制，也就是饱受诟病的"舞台戏剧片"[5]。"舞台戏剧片"是电影的不成熟形态，也成为人们批判电影，认为其不具有艺术性，而只是戏剧的一种表现形式的论据。让·米特里说，尽管早期的电影探索显得稚嫩和令人发笑，但其受到鄙薄和质疑的原因并不在此，而是源于复杂的社会观念，即中产阶级对戏剧作为正统艺术的维护，以及由此产生的对大众化的电影的排斥。

1　[法]让·米特里：《电影美学与心理学》，崔君衍译，南京：江苏文艺出版社，2012年，第347页。

2　关于世界上第一部电影，当代电影界存在不同看法，此处采取通常的说法。

3　乔治·梅里爱（Georges Méliès，1861—1938），法国人，罗培·乌坦剧院的经理、演员、导演、摄影师。他所采用的"魔术照相"手法，指的是通过慢动作、快动作、倒拍、多次曝光、叠化等一系列特技手法营造出幻境的电影制作方法。

4　[法]让·米特里：《电影美学与心理学》，崔君衍译，南京：江苏文艺出版社，2012年，第346页。

5　舞台戏剧片，指电影早期把舞台戏剧原封不动地搬上银幕的一种影片。

戏剧显然是适应中产阶级的一种演出：中产阶级的艺术象征和中产阶级的精神象征。他们去看戏，如同去听弥撒：既是抛头露面，又是参加宗教的日课；演出既在礼堂中，也在舞台上。而在放映影片时黑灯瞎火的环境中只能取消这种亮相和这场庆典：这可是一种冒犯。在智力方面，戏剧提供高雅的演出：道德性、精神性和文学性的演出；它是一门艺术。而电影无非是木偶剧表演。假如电影占了上风，后果将如何？戏剧艺术和文学荡然无存⋯⋯

其实，电影威胁的不是艺术和文学，而是一定的艺术观念，一种经验，一种"礼仪"。即中产阶级本身，因为电影颠覆了中产阶级审美表现的根基，从而产生一种极度怀疑的态度。对电影的摒弃，对电影的拒斥，对电影的鄙视，只是与这种恐惧直接相关。[1]

尽管大众对电影喜爱有加，着迷于魔术般的电影银幕，电影却始终进入不了艺术之林。正如米特里所说，这源于一种复杂的社会观念，即中产阶级对所谓的高雅艺术的维护，对于道德性、精神性和文学性的执着。电影可以创造幻境，可以让人沉浸在梦幻的世界里，这种对理性的扰乱是传统的捍卫者所不能忍受的。"它在中产阶级的心中唤起隐约的罪感和恐慌感，甚至唤起应当摆脱的淫荡情感。"[2]电影所受到的排斥似乎也跟西方一直以来的诗学传统有关，诗一直被视为节制和陶冶情操的艺术形式，如亚里士多德的"借引起怜悯与恐惧来使这种情感得到陶冶"[3]，或者贺拉斯所说的"寓教于乐，既劝谕读者，又使他喜爱，才能符合众望"[4]，而电影似乎突破了戏剧对情感和理性的节制。

1 [法]让·米特里：《电影美学与心理学》，崔君衍译，南京：江苏文艺出版社，2012年，第347页。
2 [法]让·米特里：《电影美学与心理学》，崔君衍译，南京：江苏文艺出版社，2012年，第347页。
3 [古希腊]亚里士多德：《诗学》，载伍蠡甫、胡经之主编《西方文艺理论名著选编（上）》，北京：北京大学出版社，1984年，第53-54页。
4 [古罗马]贺拉斯：《诗艺》，载伍蠡甫、胡经之主编《西方文艺理论名著选编（上）》，北京：北京大学出版社，1984年，第108页。

二、戏剧与电影

自第一部电影作品问世，电影这种新兴的"艺术"形式就以不可遏制的速度迅速崛起，成为大众喜闻乐见的娱乐方式。在电影产生之初，戏剧仍是人们心中的艺术典范，大量的剧作家创作出优秀的剧本。而新兴的电影艺术形式获取优秀原创剧本的途径有限，现成的舞台戏剧就成了他们的一种资源。直接拍摄舞台戏剧、原样照搬的"舞台戏剧片"自然不能代表电影的水平，也不能代表戏剧改编电影的水平，但它在戏剧向电影的过渡时期的确起到了承前启后的作用。安德烈·巴赞在一篇名为《戏剧与电影》的文章中论述了戏剧和电影的复杂而深刻的关系，指出戏剧和电影的关系并不限于人们通常所说的"舞台戏剧片"[1]。然而不可否认的是，戏剧的确是电影的一个重要题材来源，戏剧和电影有着天然的密切关系。

巴赞指出，即便后来为人们所称道的美国喜剧片，也有不少舞台戏剧的元素，"美国喜剧片的基础是话语和情境的喜剧性，这种影片往往不采用任何纯电影技巧，大多数场面都是内景，分镜手法几乎只用交叉镜头，以便突出对话"[2]。后来随着某些类型美国喜剧片的衰落，"一出舞台喜剧先在百老汇卖座然后再改编成电影的情况则有增无减"，巴赞说道，"好莱坞面临题材危机，这促使它更经常采用戏剧剧本。但是，当时在美国喜剧片中的确包含着隐蔽的戏剧特点"[3]。

电影之所以采用戏剧剧本，一方面在于戏剧题材的丰富和成熟，另一方面也是以戏剧经典为前文本[4]吸引原有的观众。莎士比亚的戏剧作为永恒的经典无疑是电影取之不尽、用之不竭的宝贵资源。事实证明，莎士比亚戏剧改编成的电影不乏成功的范例，由此也在一定程度上消除了人们对舞台戏剧电影的偏见。巴赞

1　[法]安德烈·巴赞：《戏剧与电影》，载《精神》，1951年6-7月号。

2　[法]安德烈·巴赞：《电影是什么》，崔君衍译，北京：文化艺术出版社，2008年，第122页。

3　[法]安德烈·巴赞：《电影是什么》，崔君衍译，北京：文化艺术出版社，2008年，第122-123页。

4　前文本（pre-text），指一个文化中先前的文本对此文本生成产生的影响。狭义的前文本包括文本中的各种引文、典故、戏仿、剽窃、暗示等，广义的前文本包括这个文本产生之前的所有文化文本组成的网络。参见赵毅衡：《符号学》，南京：南京大学出版社，2012年，第147页。

也说道："从《小狐狸》、《亨利五世》、《哈姆莱特》和《严厉父母》直到《麦克白》的一系列的成功才足以证明电影能够改编不同类型的戏剧作品且卓有成效。"[1] 莎士比亚的绝大多数剧目都被改编成电影，一些经典剧目甚至有许多个版本，在不同时期不断被重新演绎，如《罗密欧与朱丽叶》《哈姆莱特》《奥瑟罗》《麦克白》等。

电影和戏剧有着千丝万缕的联系，它们之间的渊源也一直是许多理论家所关注的问题。实际上，电影和戏剧的亲缘关系并不限于电影对戏剧的改编。"电影与戏剧的关系并非一如人们通常理解的那样就是对一部戏的改编问题。"[2] 对此，人们从许多方面进行论证，其中不乏对立与争议。一些人坚持认为电影是戏剧的一种表现形式，他们从表演、戏剧性情节、台词等方面论证电影与戏剧的同一性；而另一些理论家则坚持电影作为独特的艺术表现形式的观点，认为电影是有别于戏剧的独立艺术创造；当然，更多的理论家则坚持一种折中的观点，认为电影和戏剧有着密切的关系，但电影有其独特的意旨和表意方式。帕尼奥尔[3]将电影看作"拍摄戏剧"，他说"无声片是纪录、固定和传播哑剧的艺术"，"有声电影是纪录、固定和传播戏剧的艺术"[4]，认为电影是戏剧形式化的一种，是"给始终以语言表意为主体的剧作加上场景调度"[5]。阿杰尔认为帕尼奥尔对电影的看法显得很无知，而米特里亦认为其观点失之偏颇，在他看来不论是话语还是场景调度，都不能代表电影的本质。米特里说，"早期的影片也只是'被拍摄下来'的简单演出。但是，绝不像通常所说的那样属于戏剧"[6]。

巴赞和米特里对电影的看法是一致的，认为电影不是对戏剧的复制，也不是戏剧的一种，而是一种创造，一种新的审美形式。这样的见解是颇有见地

1　[法]安德烈·巴赞：《电影是什么》，崔君衍译，北京：文化艺术出版社，2008年，第122页。

2　[法]安德烈·巴赞：《电影是什么》，崔君衍译，北京：文化艺术出版社，2008年，第126页。

3　帕尼奥尔，法国剧作家、小说家。

4　[法]亨·阿杰尔：《电影美学概述》，徐崇业译，徐昭校，北京：中国电影出版社，1994年，第108页。

5　[法]让·米特里：《电影美学与心理学》，崔君衍译，南京：江苏文艺出版社，2012年，第392页。

6　[法]让·米特里：《电影美学与心理学》，崔君衍译，南京：江苏文艺出版社，2012年，第345页。

的，电影要想摆脱在戏剧经典和文学经典前的尴尬地位，就需要找到自己的艺术定位。巴赞提示我们在深入探讨前，应把戏剧和所谓的"戏剧性"区分清楚。[1]"戏剧性"是戏剧必不可少的要素，却不是戏剧所独有的要素，许多电影和小说也以戏剧性情节为中心，但却并不能被划入戏剧的范畴。因此，"戏剧性"并不能表明电影就只是戏剧的另一种表现形式。巴赞继而指出，除了戏剧性，电影和戏剧还基于一个共同点，即"台词"。米特里也据此论述了戏剧和电影的特殊关系。"大多数自以为已经避开戏剧的电影作品，通过台词又与戏剧密切相聚，它们仍把台词作为自己的基本表现方法"，米特里这样说道，尽管电影想尽量摆脱戏剧的影响，如尽可能地去掉电影中的"戏剧性"，更多地去表现形象之中蕴含的意义，然而，一旦"语言成为基本形式时，尤其是当它变成对话时，我们就躲不开戏剧，因为这种形式就是戏剧化的存在和表意方式"[2]。戏剧和电影有着许多的共同之处，然而这些共同之处却不是定义电影和戏剧本质的东西，因此它们绝非同一种艺术的不同形式。电影并非对戏剧的拙劣模仿、机械记录和场景幻化。

让·谷克多的《严厉的父母》（*Les Parents Terribles*，1948）颠覆了人们对电影的认知，在戏剧和电影交接的时代具有十分重要的意义。这部心理悲喜剧并没有增加布景，刻意让其"电影化"，而是在保留戏剧布景的同时，利用电影手段加强它的戏剧性。"摄影机用电影的一切综合方法来突出原剧的内容。导演因此达到了戏剧高潮的最高点。"[3]电影采用了静态的镜头处理，以大量特写表现人物矛盾的内心世界和复杂的家庭关系，以全然不同于戏剧的表现手法加强了戏剧效果，表现了戏剧意图。观众从《严厉的父母》这部电影里看到了电影不同于戏剧的表意方式，它也提供了电影作为一种独特的艺术形式的证据。当戏剧改编成电影时，电影大可不必费尽心思搞去戏剧化，让原本的戏剧完全消散于电影之中，相反，成功的戏剧改编电影通常都在很大程度上遵循原著。如巴赞所认可的

1　[法]安德烈·巴赞：《电影是什么》，崔君衍译，北京：文化艺术出版社，2008年，第126页。

2　[法]让·米特里：《电影美学与心理学》，崔君衍译，南京：江苏文艺出版社，2012年，第391页。

3　[法]亨·阿杰尔：《电影美学概述》，徐崇业译，徐昭校，北京：中国电影出版社，1994年，第109页。

劳伦斯·奥利弗导演并主演的《亨利五世》，"莎士比亚的作品和戏剧仍是舞台的囚徒，只是被电影团团围住"[1]，电影无意掩盖本来的戏剧，它更像是对戏剧的一种全方位展示和延伸。

早期电影承续了戏剧的戏剧化情节，甚至是全盘搬演舞台戏剧，体现了初生艺术形式的稚嫩与不成熟。然而即使采用戏剧剧本，保留戏剧性，甚至对原本戏剧台词完全照搬，电影也不能被归入戏剧。因为戏剧性也好，戏剧台词也罢，这些都不是戏剧所独有的表意方式，也不是电影的本性之所在。电影通过自身独特的综合的艺术方式和技术手段，更充分地实现戏剧意图，同时也增强和突出了戏剧本身的戏剧性。随着技术的发展，电影艺术性的提高，电影逐渐被观众和理论家所接受，它的繁荣兴盛宣告了一个新的时代的来临。

三、大众时代的审美

电影和戏剧的交锋是不同时代的生活方式和审美方式的碰撞，人们对电影的怀疑态度不仅源于电影本身的不成熟，更源于对戏剧正统艺术地位的捍卫，以及对中产阶级传统生活方式和精神信仰的坚持。米特里认为，电影在产生之初之所以不被接受，是因为电影能够摧毁人们建立起来的智力等级秩序，"它不仅威胁一种艺术形式，而且威胁以戏剧为最高表现的存在方式、生活方式和思维方式，甚至一种文化，也许一种文明……"[2]。布尔迪厄也说过，"文化的高低之分通常被用于维护阶级的高低之分"，所谓的"品位""高雅文化"都是将"社会差异合法化"[3]的名词。雅与俗，精英文化与通俗文化的对立，在每一个时代都存在，它们体现的既是审美的差异，也是身份的差异。

工业化时代摧枯拉朽的机械复制引发的艺术革命、资本全球化席卷下的消费革命，造就了新兴的大众群体，他们需要与这个时代、这个群体相适应的艺术和文化方式。电影，成为大众时代的弄潮儿有其必然性。大众以及大众文化都是

1　[法]安德烈·巴赞：《电影是什么》，崔君衍译，北京：文化艺术出版社，2008年，第134页。

2　[法]让·米特里：《电影美学与心理学》，崔君衍译，南京：江苏文艺出版社，2012年，第348页。

3　转引自[英]约翰·斯道雷：《文化理论与大众文化导论》，常江译，北京：北京大学出版社，2010年，第7页。

含义复杂的概念。大众最直接的含义就是为数众多的人，指大多数人；大众文化就是"被很多人所广泛热爱和喜好的文化"[1]。而其实大众在西方社会学当中也有特定的意义，它指的是资本主义崛起后与精英相对的多数人群体。威廉斯认为"大众文化"一词有四种含义，"为很多人所喜爱""质量低劣的作品""被特意用来赢取人们喜爱的作品""人们为自己而创造的文化"。[2]戏剧时代的中产阶级面对汹涌而来的大众和大众文化，理所当然地采取了文化保守主义的态度，试图保留精英的后花园。他们对戏剧的迷恋、对电影的拒绝，似乎就是对即将到来的大众时代的回应。电影将取消精英阶层和大众阶层的划分，将取消他们之间身份的区隔，这无疑是令他们不安的。

然而随着科学技术的发展，人们生活方式的改变，电影已经成为不可忽视的文化产品。欧洲的艺术家和艺术理论家们也不得不正视这一现象及其背后的问题。针对保守主义的精英阶层对电影道德性、精神性与艺术性缺失的"控诉"，一些电影导演开始寻找电影的"艺术"出路。于是，他们试图"回避舞台的人为技巧和古典剧作艺术的规则"[3]，创作有别于"舞台戏剧片""贫乏的情节剧"和"低俗滑稽片"的"艺术影片"，"去戏剧化"成为"艺术影片"的追求。"艺术影片"为电影争取艺术地位指明了方向。

早期的电影受技术条件和电影观念的限制，难以表现复杂的剧情、情感和人物性格。直到电影开始回归生活真实，转向表现大众生活，"无须想象、编撰或营造，而只需观察……较多关注如何做到生动和真实"，加之对电影场景的不断探索，"影片的场景调度最终完全取代戏剧场景调度"。[4]电影获得认可并不在于取代戏剧，而在于寻找与时代审美的联结点。美国在电影方面的成就就是大众时代创造的奇迹。米特里说，欧洲的文人雅士对漆黑的放映厅不屑一顾，美国电

1　[英]约翰·斯道雷：《文化理论与大众文化导论》，常江译，北京：北京大学出版社，2010年，第6页。
2　[英]约翰·斯道雷：《文化理论与大众文化导论》，常江译，北京：北京大学出版社，2010年，第6页。
3　[法]让·米特里：《电影美学与心理学》，崔君衍译，南京：江苏文艺出版社，2012年，第350页。
4　[法]让·米特里：《电影美学与心理学》，崔君衍译，南京：江苏文艺出版社，2012年，第352页。

影则既不求招徕"特权人士"，也不求模仿戏剧和钻营"艺术"。[1]米特里认为美国恰好有最大的"普通观众"群体，即大众群体，他们代表了整个国家，他们没有欧洲精英阶层对戏剧的执着，因此也更能够接受贴近大众的电影。

大众时代带来的是大众生活方式和思维方式的改变，这也反映在文化、艺术和娱乐方面。大众群体更倾向于方便获取、更为经济的娱乐形式，以及更加通俗易懂、贴近生活的艺术和文化创作。电影的机械复制性，和舞台戏剧的不可复制性相比，能更有效、更经济的方式进行传播，也更容易为大众群体所接触。并且，电影以其震撼的表现力、独特的审美价值、适应时代的呈现方式，为越来越多的观众所接受，也逐渐取代戏剧成为表演艺术的代名词。

然而莎士比亚的戏剧并没有在电影时代沉寂，而是借由电影的表现方式，获得了全新的演绎。由莎士比亚戏剧改编的电影，类型多种多样：有较为遵循原著的剧情片，如海伦·米伦主演的《皆大欢喜》（1978）；有以动画片等形式表现的故事改编，如《狮子王》（1994）、《罗密欧与朱丽叶》（2007）；有只保留故事母题的异域文化改编，如黑泽明的《乱》（1985）、《蜘蛛巢城》（1957），冯小刚的《夜宴》（2006）；有对莎士比亚戏剧的现代改编，如《不羁的天空》（*My Own Private Idaho*，1991）……源源不断的以莎士比亚戏剧为蓝本的电影创作，让莎士比亚在后工业时代焕发出强大的生命力。

莎士比亚的戏剧在电影时代被搬上银幕，它逐渐脱离戏剧舞台的束缚，呈现出电影的审美素质。如果说早期的《亨利五世》（1944）还是"舞台戏剧片"的模式，甚至还展现了观众与后台，那么后来肯尼思·布拉纳执导的《哈姆莱特》（1996）则是一部在真实场景中拍摄、全新打造的"真正"的电影。影片长达四个小时，高度还原了莎士比亚的戏剧，不仅保留了原著的台词，并且在细节上精耕细作，把莎士比亚一笔带过的情节用真实的影像充分地展现出来。这部电影除了原著的台词和情节以外，完全看不出戏剧的痕迹，它已然是成熟而独立的另一种艺术形式。影片一开始，在黑暗阴森的城堡中，气氛沉郁诡谲，老国王的鬼魂悄然地出现在镜头前，给人以戏剧难以表现的阴冷和恐惧感。电影呈现的真实与幻境，与戏剧舞台上的布景和表演全然不同，因为电影所获得的运动自由已不再

1　[法]让·米特里：《电影美学与心理学》，崔君衍译，南京：江苏文艺出版社，2012年，第351页。

是传统的摹仿或再现，而是摄影机对客观和真实的呈现。

在大众时代，电影对于戏剧的改编很大程度上受观众接受的影响。动画片、科幻片等都是现代社会产生的与之相适应的文化艺术类型。将文艺复兴时期的主题以象征、寓言的方式与当下的艺术形式结合起来，电影实现了对传统的新变，更好地满足了现代人的审美趣味。《狮子王》把王子复仇的故事由人移置到了动物身上，将一种普遍的情感和价值观以亲切可感的形象传达出来。电影为了满足观众对正义的期待，将一个原本延宕而矛盾的王子，塑造成一头坚强勇猛的雄狮，让观众获得心理快感的同时，消除了戏剧中的沉重阴郁和对人性的质疑。电影的商业性和大众性决定了它对亚里士多德式的故事传统的回归，注重情节的"突转"和"发现"，注重"净化、陶冶"的戏剧功能，尤其注重形象的塑造和符合观众情感体验的结局设置。同样改编自《哈姆莱特》的电影《夜宴》，则将西方的复仇故事移置到了东方古老的国度，让处在另一种文化传统中的观众更容易理解和产生情感上的共鸣。而《不羁的天空》更是让原本的戏剧故事彻底融入现代人的生活，真实而琐碎地再现了一种复杂而忧伤的现代情感经验。这些"面目全非"的改编，无不是为了满足大众的审美需求。

在艺术形态尚未被清晰划分的时代，莎士比亚的戏剧从剧本创作的角度来看可以归入文学，而从最广泛的呈现方式来看，它又是表演的艺术。无论从戏剧性还是文学性来看，莎士比亚的作品都是极具艺术价值的天才创造，以至于莎士比亚之后每一个时代都有属于那个时代的对莎士比亚作品的重新演绎。工业时代，技术的发展酝酿出了全新的艺术形式，那就是以光影为媒介的电影。电影时代，莎士比亚并没有被遗忘，他在光和电的世界里又焕发出新的生机，呈现出新的生命力和形态。莎士比亚与电影的相遇，是戏剧与电影的相遇，也是文学与电影的相遇。电影闯入戏剧的精英花园，从早期对戏剧稚嫩粗糙的摹仿，到反戏剧化、以真实的生活为表现对象；从被中产阶级拒绝、排斥，到成为大众普遍的娱乐方式，标志着一个全新时代的开始。莎士比亚的作品经历了从戏剧时代到电影时代的变迁，经历了不同时代生活方式和审美方式的改变，剧中的人物从古代宫廷走进现代生活……然而在历史长河无数的改变里，唯一不变的是莎剧的精神和灵魂，是经典永恒的生命力。

第二节 奥利弗和威尔斯的经典改编

如罗吉·曼威尔在《莎士比亚与电影》一书的献词中所说，20世纪40年代劳伦斯·奥利弗摄制的莎士比亚影片初次显示了莎剧在银幕上的真正潜力。奥利弗与莎士比亚在银幕上的联系，可以追溯到保罗·秦纳的《皆大欢喜》（1936），他在剧中饰演奥兰多。《亨利五世》是劳伦斯·奥利弗拍摄莎士比亚影片的第一次尝试，也是第一部真正意义上的莎剧电影。奥利弗的思想立场在一开始就通过标题卡明确宣布——"这部电影献给大不列颠的突击队和空降兵"。而且，电影把战争描述成由沉着英勇的士兵和传奇的国王发动的干净有序的战争，成为蓝天下展开的一场丰富多彩的冲突，这也表明了奥利弗的立场。这种"绘画风格化"使电影"接近童话"：一切都是"魅力与奇观"[1]。此外，绘画模式的阐释既是美学也是一种历史建构，因为15世纪的布景与宏大的阿金库尔战役同时呈现，叙事有效地融入了语境。叙事其实建立在三个相互交织的历史层面上。首先是1944年处于战争中的英国（具有讽刺意味的是，这部电影的外景拍摄地在爱尔兰），通过充满爱国激情的开场白来显示。然后是17世纪环球剧场对戏剧的呈现：这是一种自我反思的建构，旨在提出有关电影和舞台之间差异的问题。第三个历史维度是1415年的阿金库尔战役。这些战争场面的最初灵感部分来自爱森斯坦的影片《亚历山大涅夫斯基》中的冰湖大战，其中一长列一长列的骑兵沿着遥远的地平线排列，等待冲锋的号令；部分来自厄塞罗的《圣罗马诺的历程》中作战的庞大骑兵群。[2]这种非凡的视觉外推法和技术上的大胆表现，被称为"电影编码上的一次大师级表现"[3]，电影、现实和戏剧模式交织在一个三维的历史叙事中。

《亨利五世》获得较高声誉，"它的蓬勃热情和男儿气概，连同它的民族

1　Anthony Davies: *Filming Shakespeare's Plays: The Adaptations of Laurence Olivier, Orson Welles, Peter Brook, Akira Kurosawa.* Cambridge: Cambridge University Press, 1988, p. 27.

2　[英]罗吉·曼威尔：《莎士比亚与电影》，史正译，北京：中国电影出版社，1984年，第40-41页。

3　Kenneth S. Rothwell: *A History of Shakespeare on Screen: A Century of Film and Television.* Cambridge: Cambridge University Press, 2004, p. 51.

主义情绪，和战时英国在欧洲取胜后的生气勃勃的气氛很合拍"[1]。此外，这部影片的绚丽色彩和振奋人心的音乐也激发了灰暗年代里人们的激情。所以，有学者认为"电影《亨利五世》是伟大的诗体剧和伟大的当代媒介的一次完美联姻"[2]，它使人相信把莎士比亚的语言和电影的画面相结合是完全可能的。当然，也有批评家指出"该片有美化战争并把英国的胜利浪漫化的倾向"[3]。所以，肯尼思·布拉纳1989年拍摄《亨利五世》时，脱离了奥利弗的理想主义和爱国主义视野，强调战争的卑鄙和可怕。

奥利弗的第二部莎士比亚电影《哈姆莱特》（1948）借鉴了德国印象主义的风格和当时流行的美国电影中的黑色风格，成为一部富有革新精神的电影。尽管大量的文本被削减，但这次改编在文字上还是尊重原作的。艾尔西诺（Elsinore）城堡作为一个有力的"电影角色"，是这部影片独有的——这是一个千变万化的地方，所有的拱廊和秘密角落、壁龛和迷宫都被诗意地着上了黑白色调。它黑暗的阴影和阴暗的内部掩盖了克劳狄斯的阴谋，其令人眩晕的高度和垂直的空间由多个螺旋楼梯连接的平面组成，这些楼梯通往俯瞰海洋的城墙。迷宫一样的城堡和空间的分离象征焦虑、虚弱和忧郁的心灵，这些一开始就在哈姆莱特身上清楚地表现出来（通过画外音）："这是一个无法下定决心的男人的悲剧。"

之后，我们看见哈姆莱特（奥利弗饰），由一个穿银色盔甲的鬼魂［"善良的灵魂"或"万恶的妖魔"（第一幕第四场）[4]］引导，爬上了歪歪扭扭的楼梯，穿过迷雾，穿过城垛和城墙来到塔上。托尼·理查德森（Tony Richardson）1969年的电影版本继续采用了迷宫主题。不过，奥利弗用这次与鬼魂的相遇回顾了《圣经》的主题——天堂的高度及其令人敬畏的存在，而理查德森则反转了该模式，向我们展示了一个进入城堡深处的哈姆莱特，消极地把鬼魂视作带来"死

1　[英]罗吉·曼威尔：《莎士比亚与电影》，史正译，北京：中国电影出版社，1984年，第39页。

2　Russell Jackson: *Shakespeare on Film*. Cambridge: Cambridge University Press, 2000, p. 169.

3　Russell Jackson: *Shakespeare on Film*. Cambridge: Cambridge University Press, 2000, p. 169.

4　[英]威廉·莎士比亚：《莎士比亚全集》（第5卷），朱生豪译，南京：译林出版社，1998年，第296页。

亡的知识"的"魔鬼"[1]。

该片运用明暗对照法，通过周围反射光线的薄雾来增强和维持超自然的效果，并且通过电影背景音乐的节奏来进一步增强。懦弱、歇斯底里的哈姆莱特跪在上帝般的幽灵前，几乎昏厥地说道："天上的神明啊！地啊！再有什么呢？"[2]之后，在电影的另一个高潮时刻，在同一个地点，哈姆莱特发表了他绝望和疯狂的"生存还是毁灭"的独白。当哈姆莱特在思考事物的空虚、沉思死亡与长眠时，他的匕首掉到水里，这暗示他也柔弱的缺点。行动自如的摄像机积极地建构叙事并且强化电影叙事模式，它从无尽的长走廊伸出，找到阴暗的深处，然后伸上蜿蜒的楼梯。

更重要的是，摄像机跟随哈姆莱特冲到母亲的房间责备她行为不端。葛特露的密室是城堡的中心，显然，它代表了事件的中心和心理的焦点。这里我们可以看到一个愤怒的儿子正用匕首威胁自己的母亲，被吓坏的母亲躺在床上，哭泣、喘息，并凄厉地喊道："你不是要杀我吧？"[3]最后，闯入的鬼魂打断了儿子的责备，让他跪下来请求母亲的原谅。无所不知的摄像机刺探到的是一次道德、心理和哲学维度的复杂旅程，揭开了黑暗深处的秘密。密室场景成了电影的高潮时刻之一，加强了哈姆莱特的恋母情结印象。

深层焦点效应被重复使用，形成了支撑电影模式的视觉主题。身穿白色长袍的奥菲利娅是一个幽灵般的人物：她静静地漫步，被遗弃和忽视，是一个绝望的形象。在电影的长镜头下，她甚至远离了观众目光的焦点，在视觉上被减弱，变成了无限大的艾尔西诺迷宫中的一个小小实体。当然，电影也提供了奥菲利娅的视角。比如，她与雷欧提斯道别的时候发现哈姆莱特正在远处看着他们。电影不断重复长镜头模式，以便提供一种有节奏的跳动，将叙述推向悲剧结局。伴随着奥菲利娅的脚步，长镜头结合高角度拍摄，进一步加强了人物的无助感和脆弱感。比如，在修道院场景之后，我们看到用升降机从极高角度拍摄的心烦意乱的

1　George Wilson Knight: *The Wheel of Fire: Interpretations of Shakespearian Tragedy with Three New Essays*. London and New York: Routledge, 1986, p. 39.
2　[英]威廉·莎士比亚：《莎士比亚全集》（第5卷），朱生豪译，南京：译林出版社，1998年，第300页。
3　[英]威廉·莎士比亚：《莎士比亚全集》（第5卷），朱生豪译，南京：译林出版社，1998年，第350页。

奥菲利娅正躺在楼梯上哭泣。"我是一切妇女中间最伤心而不幸的"[1]，她说。在强大的摄像机下，她就像命运手中的一个可怜玩偶，这一片段预示她的悲剧命运即将来临。

一部可移动和具有表现力的摄像机、一座菱形的城堡、明暗对照法和阴影效果构建起一种具有暗示性的电影模式，这种模式被称为"电影—诗歌"模式，"电影诗人……他们的作品与现实表面保持的关系和诗歌与普通对话的关系一样"[2]。相比文本和语言细节，"电影—诗歌"模式明显偏爱视觉意象；相比对话，"电影—诗歌"模式明显偏爱景物。格列高里·柯静采夫也认识到需要一个脱离纯粹现实的方法。他曾宣称："听觉必须视觉化。诗歌的纹理本身已被转化为一种视觉诗歌，变成电影意象的动态组织。"[3]他为他的《哈姆莱特》（1964）选择了"北方冷漠的灰色"和一个原始自然力世界，这表明他有意构建一个由个人偏好塑造的精神世界。他说，"我想到的是石头、钢铁、火焰、大地和大海"[4]，这些特性表明艺术家不是处在现实中，而是透过内部的眼睛去看现实。在这一方面，柯静采夫的基本意图是"强调一个人在使他遭到屈辱的世界里所必不可缺的尊严"，并且他的愿望是"要使这出戏的诗意气氛成为可见"。[5]同样，他1970年摄制的《李尔王》也用了北方的外景和北方演员。影片的故事发生在爱沙尼亚纳尔瓦河畔一个小镇的一座有木屋顶的15世纪城堡中。这座城堡提供了一个中立的、永恒的背景，对戏剧的氛围和主旨来说非常适合。《哈姆莱特》的场景表现了莎士比亚当时的盎格鲁-丹麦文化，而按照电影制作者的说法，《李尔王》是"久已逝去的那些历史年代的大杂烩"[6]。

影片《哈姆莱特》虽然可能有明显失误，比如图画式的片段有时显得不协调，对原文的大砍大削也使其蒙受损失，但考虑到剧作是奥利弗三部曲中难度最

1　[英]威廉·莎士比亚：《莎士比亚全集》（第5卷），朱生豪译，南京：译林出版社，1998年，第332页。

2　Jack J. Jorgens: *Shakespeare on Film*. Lanham, MD: University Press of America, 1991, p. 10.

3　Grigori Kozintsev: *Shakespeare: Time and Conscience*. London: Dobson, 1967, p. 191.

4　Grigori Kozintsev: *Shakespeare: Time and Conscience*. London: Dobson, 1967, p. 266.

5　[英]罗吉·曼威尔：《莎士比亚与电影》，史正译，北京：中国电影出版社，1984年，第80页。

6　[英]罗吉·曼威尔：《莎士比亚与电影》，史正译，北京：中国电影出版社，1984年，第85页。

大的一部，影片《哈姆莱特》仍然是三部曲中"在处理方法和逼真程度上最富于创造性的一部"[1]。

《理查三世》是一部极难改编的剧作，它错综复杂又晦涩难懂，所以奥利弗对它进行了极大简化，着重表现了人物对权力及其象征物——王冠的追逐。他曾说过，不论是舞台演出还是摄制影片，"都存在着同样的基本问题：压缩篇幅，简化剧情，修剪枝节，并联系到观众的类型来考虑演出的效果"[2]。电影从爱德华四世的加冕典礼开始，他的弟弟克莱伦斯和葛罗斯特两位公爵前来参加。大厅里安置着国王的宝座，上面悬着一顶巨大的王冠。在加冕典礼上，葛罗斯特突然在近景镜头中转向摄像机，狞笑着在镜头前独白。这一段台词在巨大、空旷的加冕大厅里延续了六分钟。通过一些表情——狡黠地向上翻眼睛、老于世故的点头和瞥视，以及他穿着尖头黑鞋的双脚急促不安的来回踱步，葛罗斯特把他权迷心窍的罪恶本质展示给了观众。

在影片中，理查多次直接对着镜头讲演或泄露他的阴谋。这是奥利弗在前两部电影中不曾使用过的一种拍摄策略。理查生理上的畸形导致心理上的变态，奥利弗三次运用了他邪恶的影子来表现这一点：第一次是安跟在被理查杀害的丈夫的遗体后面去墓地的时刻，理查向她求爱；第二次是克莱伦斯在愁苦中被带往塔牢之后，理查再次向安求爱；第三次出现时，影子则落在克莱伦斯囚室房门的窥孔上。这些阴影正是他阴暗心理的折射。影片中另一个非常有表现力的场景是理查策划伦敦市民拥立他为王的诡计得逞。这是个令人毛骨悚然的时刻。理查顺着一根钟绳滑下来，立即向至今与之平起平坐的勃金汉耍起了威风，要求他表现出谦卑的忠诚。当他伸出戴着黑手套的右手让勃金汉亲吻时，他的手直接伸向镜头，"就像一只黑色巨爪扑向观众一样"[3]。

奥利弗的改编不仅忠实于莎剧原著的情节，也忠实于原著的精神。有论者指出，奥利弗之所以成为一名卓越的莎士比亚电影导演和演员，"在于他探索了电

1　[英]罗吉·曼威尔：《莎士比亚与电影》，史正译，北京：中国电影出版社，1984年，第46页。

2　[英]罗吉·曼威尔：《莎士比亚与电影》，史正译，北京：中国电影出版社，1984年，第50页。

3　吴辉：《影像莎士比亚：文学名著的电影改编》，北京：中国传媒大学出版社，2007年，第68页。

影和戏剧既相似又不同的美学实质"。"在他的影片里，大量地借鉴了某些戏剧的东西，也充分发挥了只有电影才具备的优越性，即银幕上的画面带给观众的视觉冲击与银幕空间的可拓展性。"[1]

奥逊·威尔斯导演的《麦克白》在电影史上和莎士比亚经典电影中都占据特殊地位。奥利弗的《哈姆莱特》中黑与白的力量在威尔斯的《麦克白》中也有展现。作为一种视觉上的"形而上学戏剧"[2]，电影以一个原始永恒世界的召唤开始，通过纸制人工布景和重重雾霭的背景来实现。雾霭中，三个衣衫破烂的女巫围着一口大锅忙碌着，捏出一个泥人，整部电影自始至终都用它作象征。头戴王冠的麦克白的人偶在她们脚下，她们是神秘力量的象征。威尔斯说，《麦克白》"是一个有关'反对基督教律法和秩序的阴谋'的故事；敌对势力利用'野心家'来达到他们原始的罪恶目的，他们是浑沌的代理人，地狱和魔法的祭司"[3]。所以，为了给影片提供一个基督教的象征，他创造了一个新人物——神父。与奥利弗忠实原著和传统戏剧结构的创作不同，威尔斯的《麦克白》是其天才和欧洲表现主义传统相结合的产物，也可以说充分体现了早期好莱坞电影的表现惯例。他借用了好莱坞恐怖电影的视觉风格，影片一开始就把观众带入一个神秘而令人恐惧的世界：女巫在荒凉、忽暗忽明的环境中炮制控制麦克白命运的魔法。接着麦克白骑马穿过迷雾，在考特被处死、斧头在击鼓声中落下时与他的妻子会合。当他们拥抱时，背景上有一具尸体。接下来是深夜刺杀国王的一场戏，画面中出现的匕首、鲜血，以及麦克白夫妇慌乱、面部扭曲的表情，让观众在视觉和心理上都感到深深的恐惧。听觉上也参照好莱坞早期恐怖电影中的惯例，出现不断肆虐的风暴的声音，配以怪异、不和谐的音乐。甚至一些次要人物的特写镜头也似乎在向恐怖电影"致敬"：当麦克白夫人的护士发现麦克白夫人掉进陡峭的峡谷时，她举手尖叫，镜头迅速放大护士的脸。

电影通过一系列特写镜头来描绘麦克白的心理过程。当麦克白听到夫人用药

1 吴辉：《影像莎士比亚：文学名著的电影改编》，北京：中国传媒大学出版社，2007年，第69页。

2 André Bazin: *Orson Welles: A Critical Review*. New York: Harper and Row, 1978, p. 101.

3 [英]罗吉·曼威尔：《莎士比亚与电影》，史正译，北京：中国电影出版社，1984年，第57页。

毒害国王随从的计划时，他在电影中第一次露出恐慌和焦虑的表情。在这个镜头和随后的特写镜头中，麦克白的脸处于半暗半明中，这个镜头有体现邪恶与善良对立的视觉效果。投放毒药后，麦克白的脸仍在半明半暗中，而随后的特写镜头显示麦克白夫人的脸完全陷入黑暗。其他场景中这一手法也重复出现。如在拿着匕首独白的场景中，威尔斯用多个特写镜头显示麦克白的脸被阴影分割。宴会场景是麦克白故事的一个重要转折点。麦克白召唤出女巫，并被拉到地下。作为女巫预言实现的开始，镜头慢慢降落到麦克白身上，他的脸被框在一个特写镜头中。这里，麦克白的身体完全被包裹在黑暗之中，但他的脸被完全照亮，不再有光明与黑暗的对比，他从一直影响他面部表情的黑暗与光明的对照中解脱出来。

值得注意的是，黑泽明根据《麦克白》改编的《蜘蛛巢城》（英文版改名为 *Throne of Blood*，即《血腥的王位》）也使用了象征手法，暗示的东西多于镜头显示出来的。鹫津（即麦克白）和三木（即班柯）迷路的森林就像一个迷宫，其模糊的边界暗示了视觉上的不确定性和道德上的困惑。那里，在一张看不见的网的模糊的中心——勇士和弱者落入的陷阱里坐着一个怪异的老妇人，她慢慢地旋转着，单调地吟唱着预言鹫津命运的神秘词语。这个空灵的灵魂形象在吟唱结束之后就立即消失，融入旋转的轮子中，这个轮子在这里象征永恒的时间或命运之轮，它永不停歇地碾压着脆弱的人。黑泽明的电影给我们提供了一种特别绝望和经验循环的视角。

《麦克白》之后，威尔斯又将他的精力投入《奥瑟罗》（1948）的拍摄。乔根斯认为这部电影是一部"真实而有瑕疵的杰作"[1]。与《麦克白》一样，影片《奥瑟罗》在视觉形象上是宏伟壮观的。但该片宏伟壮观的视觉效果不是由摄影棚的布景制造的，而是来自对外景的出色运用。叙事建立在精心组合的蒙太奇基础之上，并且根据理性与混沌世界之间的一系列视觉对立来操作：有序的世界（该片外景在摩洛哥拍摄）创造性地与奥瑟罗的世界（怀疑逐渐占据他的头脑并摧毁他）并置。影片中的阴影和扭曲、奇怪的形状象征混乱以及伊阿古的邪恶。黑白的对立有助于人物塑造——皮肤黝黑且相貌阴沉的奥瑟罗与美丽天真的苔丝狄蒙娜似乎是对立的。床和手帕是《奥瑟罗》在舞台上的两个重要象征道具，威

1　Jack J. Jorgens: *Shakespeare on Film*. Lanham, MD: University Press of America, 1991, p. 175.

尔斯在电影中也强调并重现了这两个物件。作为奥瑟罗与苔丝狄蒙娜爱情信物的手帕最终成了奥瑟罗闷死她的工具。最重要的是，在手帕场景中，奥瑟罗都是从门后来观看现场的。支离破碎的镜头，以及随之而来的破碎的视野表明他接近的事实只可能是歪曲的，他的目光已不可挽回地被破坏了。

影片中的门闩、格子框架、栅栏和格栅不仅是隔离人物与其他世界的障碍，也限制了观察者的视线，创造一种视觉的隔断，使得观众只能获得局部视野。这样的揭露过程只是隐藏真相而不是揭示真相，为伊阿古的策略（让奥瑟罗陷入网中）和言语影射提供视觉上的相关物。在开场中，近景捕捉到伊阿古的黑色眼睛，他被推进一个木笼中，被绞车吊上城头，透过木笼交叉的木条瞪着人群。从这里，他看到了一个缓慢前行的送葬队伍。电影的叙事采取戏剧情节倒叙的手法，以一对重要夫妇的悲惨死亡开始。从他的目光到下面的人群这种高角度拍摄，强调了扭曲视角的力量。整部电影中，空笼子的镜头预示了对伊阿古的惩罚，也符合禁锢奥瑟罗和苔丝狄蒙娜的意象模式。因此，反复出现的笼子意象取代了陷阱，成为牢笼内的人道德和心理共鸣的缩影。

与威尔斯的黑暗和象征表现手法不同，谢尔盖·尤特凯维奇的《奥瑟罗》（1955）呈现出一种对莎士比亚原著抒情的，"浪漫主义化的，高度画面化的"解读[1]。精心构思的摄影和视野极其辽阔的镜头宣告了影片采用的是电影诗学模式，特别是"利用了克里米亚海边壮丽景色"[2]，大量的外景都是在那里拍摄的。演员迷失在浩瀚的宇宙中，被自然力量压倒，这样的镜头加强了人类脆弱的印象。

威尔斯确立的风格和手法在他的《午夜钟声》（1965）中也可以找到。威尔斯想单独讲述福斯塔夫与哈尔亲王（后来的亨利五世）的故事，所以他把《亨利四世》上下篇、《温莎的风流娘儿们》、《理查二世》和《亨利五世》中的有关场景（和素材）凑在了一起，并称这部电影为"可爱英格兰的挽歌"，一部"完

---

1 [英]罗吉·曼威尔：《莎士比亚与电影》，史正译，北京：中国电影出版社，1984年，第73页。

2 [英]罗吉·曼威尔：《莎士比亚与电影》，史正译，北京：中国电影出版社，1984年，第73页。

全在阴暗色彩中看到的"喜剧。[1] 影片中宫廷镜头和酒馆镜头在精心设计之下交替出现，两个世界形成视觉对比。西班牙卡多纳教堂裸露的高墙和哥特式的拱门指向未知的天堂，也表明高尚的真理就像国王一样严厉和遥远。相反，酒馆狭窄、曲折的走廊和低矮的房间则暗示着一个圆形（与福斯塔夫一样）的世界，尽管其外表悲惨，却在温暖、人性的氛围中拥抱客人。影片通过哈尔和福斯塔夫的模仿表演，将宫廷和酒馆这两个世界短暂地融合在一起。福斯塔夫坐在临时凑成的宝座——一把摇晃的椅子上，以一个铜锅为王冠，扮演一个可笑的国王。摄像机模拟哈尔的视角，从低角度带讽刺性地拍摄他，王子表演被制服的儿子，并向福斯塔夫下跪。然后两位演员交换角色。哈尔扮演国王，指责放荡的儿子与"一个塞满了缺点的箱子""一个揉进了种种恶心的揉面桶""白胡子的老撒旦"为伍（《亨利四世》上篇，第二幕第五场）。[2] 通过这种策略，影片把镜头投向了莎士比亚的元戏剧技巧。福斯塔夫跪着恳求的情节是一种预言般的暗示，预示了故事临近结束时更加阴郁的情节——骑士主人公确实跪下来祈祷。两个时刻之间的平行通过快速连续的低角度和高角度拍摄来建立，这成了威尔斯影片一种独有的特色。

在大教堂里，福斯塔夫努力想接近新国王，然而却被手持长矛的士兵挡住。而且，当他笨拙地向新加冕的国王喊道"我的国王，我的神灵！我在向你说话呢，我的心肝！"（《亨利四世》下篇，第五幕第五场）[3] 时，亨利冷冷地转向他，从高处向下望着："我不认识你，老头儿，跪下来祈祷吧！"（《亨利四世》下篇，第五幕第五场）[4] 福斯塔夫真的猛地向前，跪倒在地，他半闭的眼睛下满是深深的皱纹，显得疲惫不堪。由此，力量和权威留给了国王。电影采用近景拍摄和极低角度的镜头，国王严肃而缓慢地宣布了他对福斯塔夫的最终摈弃："你已经满头白发，却还是个傻瓜兼小丑，多不像话！"（《亨利四世》下篇，

1　[英]罗吉·曼威尔：《莎士比亚与电影》，史正译，北京：中国电影出版社，1984年，第66页。

2　[英]威廉·莎士比亚：《莎士比亚全集》（第4卷），孙法理、刘炳善译，南京：译林出版社，1998年，第50-51页。

3　[英]威廉·莎士比亚：《莎士比亚全集》（第4卷），孙法理、刘炳善译，南京：译林出版社，1998年，第208页。

4　[英]威廉·莎士比亚：《莎士比亚全集》（第4卷），孙法理、刘炳善译，南京：译林出版社，1998年，第208页。

第五幕第五场）[1]

影片以低角度视角来粉碎加冕典礼仪式习俗重压下的福斯塔夫。同时，受辱的福斯塔夫抬起头，用恳求的目光望着国王，好像意识到了上面是高不可攀的世界：这里由低到高的视角动态隐喻地宣告了一种新的鸿沟的形成和一种既定的等级秩序的建立。

什鲁斯伯雷（Shrewsbury）战役的一组镜头用现实主义手法展现战争，描绘出衣衫褴褛的士兵蹚过泥水和散落在鲜血浸透的土地上的成堆的尸体的景象，用加快镜头和手持式摄像机的快速移动表现屠杀之野蛮。然而，尽管这里采用了粗糙的现实主义手法，但影片仍然显现出诗意模式：当肥胖的福斯塔夫穿着盔甲独自出现一动不动时，一个可怕的身形在这场阴霾的战场上隐现。这位老人一直在积极寻找一种逃避现实的策略，他躲在灌木丛后面，用他另一句俏皮话的话来说就是"谨慎是勇敢的更佳部分"[2]（《亨利四世》上篇，第五幕第四场）。他吹嘘自己杀死珀西（Percy）的谎言使他与朋友的关系出现了裂痕，正如哈尔失望的皱眉所示，他们的关系出现了重大转折。

在威尔斯所有的电影中，歪斜的角度和摄像机的移动允许非常规的镜头合成，并创造出一种空间碎片或分离的效果，暗示人物心理的复杂性。"威尔斯式的"风格要求观众欣赏一个被嫉妒吞噬的奥瑟罗和一个人格扭曲的伊阿古。明暗对比法、蒙太奇和连续快速的镜头被用来破坏叙事电影所鼓励的"合理"预期，构成导演的鲜明特征，这种手法大量借鉴含蓄策略与象征模式。然而，尽管具备所有这些电影特征，威尔斯的莎士比亚电影在改编时仍然尊重了莎士比亚的文本要素。

第三节　布拉纳的创造性解读

20世纪70年代后，奥利弗、威尔逊、柯静采夫几位大师的辉煌已经过去，黑泽明也再没有改编莎剧。莎士比亚电影似乎进入了冬眠期。然而，1989年英国年

1　[英]威廉·莎士比亚：《莎士比亚全集》（第4卷），孙法理、刘炳善译，南京：译林出版社，1998年，第208页。
2　[英]威廉·莎士比亚：《莎士比亚全集》（第4卷），孙法理、刘炳善译，南京：译林出版社，1998年，第99页。

轻演员兼导演肯尼思·布拉纳再次改编摄制的《亨利五世》却是一个转折点，标志着莎士比亚电影的复兴。电影一上映就引起轰动，并受到评论界和观众的广泛好评。著名莎士比亚学者罗斯威尔（Rothwell）评价道：“由于肯尼思·布拉纳的电影艺术和商业有机结合，莎士比亚电影神奇地复苏了。”[1] 布拉纳先后制作了五部莎士比亚电影：《亨利五世》（1989）、《无事生非》（1993）、《哈姆莱特》（1996）、《爱的徒劳》（2000）、《皆大欢喜》（2006）。这五部电影奠定了他在莎剧电影中的地位，开启了“肯尼思·布拉纳的时代”。

布拉纳电影的定位在于反对奥利弗更具戏剧性的解释，布拉纳偏爱慢动作，快节奏和倒叙这些手法都可以证明这一点，更不用说他的电影中包含了先前删除的潜在和令人不快的元素，比如围攻哈弗娄（Harfleur）的演讲。而且肯尼思·布拉纳显然背离了奥利弗的理想主义和爱国主义视野，而以一种自然主义的姿态拍摄了他的《亨利五世》。他的电影避开了奥利弗使用的程式化布景，奥利弗的阿金库尔战役在一个阳光明媚的场地上演，而布拉纳电影中的该场战役则发生在雨水浸透的泥泞中。同时，他的电影呈现了阿金库尔战役的混乱和无序，并强调战争的卑鄙和可怕。比如，电影会让观众去思考法国囚犯行刑和巴豆夫自己行刑（他的脚古怪地晃荡，形成一种可怜景象，让国王流泪）这些令人不安的片段。对于布拉纳来说，现实主义意味着创造出实际的影响或逼真的效果，以保持叙事的清晰。在哈弗娄围攻这一情节中，影片采用近距离低角度拍摄手法（这种拍摄手法强化了他那种让人无法抗拒的力量），“威严的主上”（第一幕第二场）[2] 亨利王骑在一匹高大的马上，令人印象深刻，他大喊着要求哈弗娄城立即投降：“转眼之间，那些无法无天、嗜血成性的大兵就要用脏手一把抓住你们那些尖声叫喊的女儿们的头发了……你们的那些光屁股的婴儿就要被挑在长矛尖上……”（第三幕第三场）[3] 通过用镜头直接对准演员的嘴唇，并且用一个极长的镜头聚焦在他张开的嘴上，演讲被表现得十分有力：“你们有什么话说？你

1　Kenneth S. Rothwell: *A History of Shakespeare on Screen*. Cambridge: Cambridge University Press, 1999, p. 246.

2　[英]威廉·莎士比亚：《莎士比亚全集》（第4卷），孙法理、刘炳善译，南京：译林出版社，1998年，第229页。

3　[英]威廉·莎士比亚：《莎士比亚全集》（第4卷），孙法理、刘炳善译，南京：译林出版社，1998年，第261-262页。

们究竟是愿意投降，避免这种下场，还是继续顽抗，自取灭亡？"[1]布拉纳的手法具有双重属性：它既是电影技巧，也是舞台技巧。观众与演员之间的"邻近效应"或认同感一段时间后往往会退去，并且我们被鼓励去忘记故事人物和哈弗娄的征服者，从而更好地体会演员说出文本的感觉。最终，如同在舞台上一样，焦点从纯粹的影像转移到纯粹的言语和文本本身。亨利似乎只是在戏剧舞台上扮演了"威严的主上"。并且当总督投降，镜头突出国王谨慎的叹息时，这种转移被再次强调：简单、即时的（纯粹的视觉）发展指向主人公的内部矛盾。布拉纳想把他塑造成既是"人性化的"又是"脆弱的"。[2]这也许是布拉纳既作为导演，又作为演员的双重性，他在努力平衡戏剧与电影，平衡电影的新奇与对原著的敬意，沉浸于兴奋创作的同时又尊重文本的细节。在奥利弗的电影中，亨利五世是传统意义上的完美国王、令人崇拜的偶像。但在布拉纳的电影中，亨利身上体现出两种分裂的人格，他既是敢于承担国家使命、英勇善战的国王，但同时又敏感脆弱，常有恐惧、愤怒和怀疑等常人心态。

战争的胜利确保了亨利向凯瑟琳求爱的成功，这是他成就的最高点。《亨利五世》中婚姻关系的确立让人想起了布拉纳《无事生非》的结局。这部电影以一种轻快、充满活力的方式再现了莎士比亚的戏剧。阳光明媚的意大利外景营造出一个愉快的环境。一方面，令人振奋的色调、精心细致的编曲和夫妇们在舞蹈中幸福旋转的景象构成一个快乐的场景；另一方面，影片中的观点是有问题的，因为它淡化了女性的声音，使之不易分辨。这样一种解读使得《无事生非》成为以男性语言为中心的代表，变得很容易"被女性发言人入侵和颠覆"[3]。不过，开始时贝特丽丝的画外音很重要，是被优先对待的女性视角。"别再叹息，女士，别再叹息，男子从来都欺世盗名，一脚在水中，一脚在岸堤，何曾执着于任何事情，别再叹息，让他们去吧，你何必愁眉不展，收起你的哀思怨绪，唱一曲，清歌婉转。别再叹息，忧郁而引起的，是如此无趣而沉重，哪一个男子不负心，哪

1　[英]威廉·莎士比亚：《莎士比亚全集》（第4卷），孙法理、刘炳善译，南京：译林出版社，1998年，第262页。
2　Kenneth Branagh: *"Henry V" by William Shakespeare: A Screen Adaptation*. London: Chatto and Windus, 1989, p. 101.
3　Cora Kaplan: *Sea Changes: Essays in Culture and Feminism*. London: Verso, 1986, p. 92.

一个夏天不绿树成荫，别再叹息，随他去吧，随他去吧。"贝特丽丝朗读的这段唱词显然是对经典的莎士比亚剧本的改编，女性被授予权利进行文本与意识形态"转换"。此外，贝特丽丝之所以被称为"反传统的声音"[1]，是因为她被允许有听觉和视觉上的表达，我们可以看到她大声朗诵，在野餐聚会上狂喜，以及她在某些方面胜过男性的表现。所以，在展示女性争取发言权和要求参与社会领域方面，《无事生非》仍是布拉纳对莎士比亚再创造的作品中引人注目的一部。

布拉纳的下一部莎剧电影——《哈姆莱特》（1996）——也详细描述了女性努力表达不受约束的主观性时所受到的压力。这部作品是一个华丽的电影奇观，它别具一格地把戏剧的场景放置在19世纪与20世纪之交一个冰雪包围的欧洲环境中。哈姆莱特想象奥菲利娅尤其处在限制之中。她推动的格栅和门闩是最明显的监禁标志，她身上的紧身衣成了她被束缚的明证，她接受水疗的小屋则是一个平息不安情绪的象征。布拉纳版本的《哈姆莱特》非常宏伟，其摄影以史诗般的方式进行了构思：鬼魂是一个巨像，非常高大，如同一座巨大的青铜雕像，最后被推倒在地。这不是一个无根据的细节，因为《哈姆莱特》中最重要的特征就是政治隐喻。挪威王子福丁布拉斯（Fortinbras）是一个具有威胁性的存在，他对丹麦的行动表现在准备战争以及对门口哨兵的紧张态度上。接近尾声时，福丁布拉斯的军队撞碎了丹麦国家大厅的窗户。对于一个自始至终都关注自己的问题，而不是外部事务的国家来说，这是一个恰当的结局。此外，这部影片的一个特别之处是每个角色都是孤立的，无论他们是在密闭的小室、书房还是壁橱里。布拉纳对哈姆莱特的"生存还是毁灭"独白——讲话者的内在反思——的呈现可以说是电影强调内在危险最有说服力的例子。布拉纳之前的两位大师导演——奥利弗和威尔斯摄制的《哈姆莱特》是莎剧电影史上的经典。前者可以说是以一个戏剧演员的身份来诠释这个角色，其版本更像是一出拍摄成电影的舞台剧；后者则以一种诗人和哲学家的特质来诠释莎士比亚的作品，更具深度。不过，布拉纳却赋予这个角色强烈的个人色彩和现代风格。奥利弗的版本更符合原作精神，他的王子安静沉思，犹豫延宕，而布拉纳的王子一直处于兴奋甚至狂躁的状态中，他始终在行动，而不是在思考。

1　Jean Howard: *The Stage and Social Struggle in Early Modern England.* London and New York: Routledge, 1994, p. 68.

相比奥利弗的戏剧化风格，布拉纳在电影语言的运用上可谓炉火纯青，影片保留了原作的主要场面，删去了心理化的更适合文字表达的部分，用简洁的电影语言迅速地将原作中对话描述的场景表现了出来。通过迅速的镜头切换、令人眼花缭乱的场面调度，借用色彩的张力，给予人们一种强烈的视觉冲击。

布拉纳的《哈姆莱特》是第一部对原作完整、无主要情节删减的改编，全长四个小时，而他的下一部莎士比亚电影《爱的徒劳》却反其道而行之。一个半小时的电影中大概只有45分钟用了莎剧的原台词。他把莎士比亚滔滔不绝、字字珠玑的精巧文字游戏全部删掉，而加入20世纪三四十年代百老汇、好莱坞的小曲小调，这些歌曲的抒情风格接近戏剧的语言惯例。作为一部音乐剧，《爱的徒劳》扬言有对应的时代背景：地点是"牛津剑桥"（Oxbridge），时间是两次世界大战的间隙。音乐和主题结合在一起，正如迈克尔·安德雷格（Michael Anderegg）所说："音乐与舞蹈强化，或者说，对人物与行动进行了补充。"[1] 因此，杰罗姆·科恩（Jerome Kern）的歌曲《我不会跳舞》（"I Won't Dance"）和欧文·柏林（Irving Berlin）的《不带条件》（"No Strings"），都提到一种无拘无束的状态，捕捉到了女性的反抗意识。乔治·格什温（George Gershwin）和艾拉·格什温（Ira Gershwin）的《他们不能从我这里拿走那个》（"They Can't Take That Away from Me"）带着一种苦乐参半的克制，恰当地折射出剧中几对人物分离时的忧郁心情。不过，歌舞的通俗和台词的工整严密有时会形成强烈的对比，让观众有一种挫败感，把这部辞藻精巧繁复的莎剧改编成一部与原剧背景、风格及语境都相差甚远的歌舞片还是受到了很多观众的诟病。

《皆大欢喜》是布拉纳继《爱的徒劳》之后对莎士比亚喜剧的再次挑战，并且与前一部电影一样，影片呈现了一种意想不到的时空变化。在《皆大欢喜》中，一条公告清楚地表明，观众被邀请到"19世纪"的"日本"。我们被告知，这是"日本开放与西方贸易"的时刻。相应地，电影的焦点落在一些具有能指作用的场所，比如穿着异性服装的歌舞伎演员、公园中的寺庙、丝屏罩、帷幔、倾斜的花园等。最重要的是，电影指出了它的"梦想"，用它自己的话来说，即通

1　Michael Anderegg: *Cinematic Shakespeare*. Lanham: Rowman and Littlefield, 2004, p. 127.

过强调东西方观点的相互渗透来描写宫廷与乡村的碰撞，暗示在新的环境中可以探索人物性格和个人行动的新形式。在这个结合中，支配整个影片制作的是罗瑟琳：她带着棕色的鸭舌帽，穿着质朴的上衣。她喜爱田园环境的自由自在，并从中学到很多，进入森林成了她走向其他形式的自我的一段旅程。与此相关的是横跨沼泽地的芦苇形成的蜿蜒的人行道，它象征着性别立场与心理状态之间的一段旅程。它也是围绕20世纪末、21世纪初莎士比亚电影事业的一段旅程。当罗瑟琳演说她的收场白时，她穿过一个挤满了技术和摄影人员的现代化停车场。这个具有电影意识的时刻既承认了戏剧与其世界的分离，也表明了自己作为现代艺术品的地位。在这部迄今为止布拉纳最后的莎士比亚电影中，导演采取了前所未有的方式，使创作过程部分可见。

在某种程度上，《皆大欢喜》也勾画了布拉纳的职业轨迹。在详细阐述一种支撑特定电影视野的诠释范式上，《皆大欢喜》与《亨利五世》很像。不同的是，从《皆大欢喜》中可以看到布拉纳在缓慢退出莎士比亚电影的镜头：这是唯一一部他没出镜的莎士比亚电影作品，除了客串导演时大声喊了一声"停"。此举表明，作为莎士比亚戏剧的实践与推广者，布拉纳的参与已不太明显，他甚至有了就此停手的意愿，他在其他方面的努力也可以看出这一点。人们很想知道布拉纳的莎士比亚电影的命运。虽然《皆大欢喜》在剧院的公映场次有限，不过其本质上是HBO资助的一部电视作品。或许布拉纳的莎士比亚电影已被其他相关形式所取代，却仍然是莎士比亚电影改编史上重要和具有启示作用的分水岭，他将一个文化符号置于新千年的前后[1]。

布拉纳后面的两部喜剧电影由于过于大胆的改编受到观众和评论家的抨击，认为其逊色于前面的电影。但布拉纳所处的时代已不同于奥利弗与威尔斯的时代，因而他在艺术形式上的大胆创新，比如他常用19世纪或者20世纪初的服装、背景等，甚至引入异国文化来拍摄莎士比亚，从某种意义上说也是顺应时代的要求。这是戏剧经典与大众文化冲突的结果，他的改编虽然必定会使影片失去一些古典韵味，但这也是一种平民化的现实要求。奥利弗与威尔斯主要是用自己的方式对莎剧进行解读，而布拉纳更多的是按照自己的电影方法对其进行重构。他让

1　布拉纳将莎剧改编为电影主要是在新千年前后20年，以1989年执导和主演的《亨利五世》开始，以2006年执导的《皆大欢喜》结束。

艺术与商业有机结合，一方面继承英国的民族文化遗产，保留莎剧的精神和精髓；另一方面又充分运用他已熟谙的电影技巧对原著进行创造性改编。尽管人们对布拉纳的莎士比亚电影改编褒贬不一，但它们都可以称得上大众艺术中的经典之作。

第三章

异质文化的融入

第一节　异域文化中的变形

　　莎士比亚的戏剧在世界范围内都有十分重要的影响，在遥远的东方国度日本，莎士比亚也受到广泛的欢迎。在莎士比亚戏剧的电影改编中，日本导演黑泽明无疑展现出惊人的才华，他根据《李尔王》改编的《乱》（1985）和根据《麦克白》改编的《蜘蛛巢城》（1957）都体现了较高的艺术水平。黑泽明的电影改编，不仅保留了莎士比亚作品的悲剧力量，还展现出日本传统文化的精神，是世界性与民族性相结合的典范。

一、普遍人性的表达

　　莎士比亚戏剧在江户时代末期传入日本，彼时，日本正处在黎明前最黑暗的时期。1868年江户幕府被推翻，日本走上资本主义改革的明治维新之路。第二次世界大战之后在电影界崭露头角的黑泽明目睹了战争的残酷，也经历了战后重建的艰难年代。他用他所擅长的方式——电影，表达对战争的态度，对日本传统文化的思考，以及对普遍人性的思考。黑泽明受西方电影风格的影响，反对当时日本程式化的电影拍摄技巧，于是，他尝试以一种生动有力、简洁利落的风格来处理传统的历史题材。他的《罗生门》（1950）、《影武者》（1980）、《乱》等电影无不体现出强烈的个性化和风格化特征。

　　黑泽明对莎士比亚的戏剧无疑是钟爱的，从他对莎剧的借鉴和改编中可见一斑。当问起为何选择莎士比亚的戏剧——比如《麦克白》——来进行电影创作时，黑泽明回答道，因为在日本战国时期，有很多像《麦克白》这样"以下犯上"的真实事件，他被《麦克白》的剧情深深吸引，于是有了改编的原动力。而黑泽明也揭示了更为深刻的原因，那就是关于普遍人性的表达。"凡在弱肉强食的时代里得以保全首领地位的人，其形象都是高度鲜明的。人们以浓烈的笔触来描写这类人。从这个意义来说，我认为《麦克佩斯》（即《麦克白》）中有某些东西是我的所有其他作品都共有的。"[1] 黑泽明所说的"所有其他作品都共有的"正是人性深处的一些东西，比如欲望、贪婪、自私、恐惧等本质问题。《罗生门》里的谎言、人性的自私与丑陋，《影武者》中权力对人的异化，都是超越了电影所表现时代的普遍问题。

《蜘蛛巢城》是日本版的《麦克白》，黑泽明讲述了日本战国时期，发生在蜘蛛巢城的一个故事。平乱有功的鹫津和三木在返回蜘蛛巢城的途中迷失在蛛脚森林里，在迷雾与雷电中，一个白发苍苍的"妖怪"蹲在树丛里，一边摇着纺轮一边拖着声调歌唱，他预言鹫津将成为蜘蛛巢城城主，而三木的儿子也将成为城主。二人正迷惑之际，"妖怪"化作一道白光不见了。后面发生的故事和《麦克白》中所讲述的一样，受妻子浅茅挑唆，鹫津弑君篡位，并派人暗杀三木父子。侥幸逃脱的三木之子最终移动着蛛脚森林向鹫津复仇……从麦克白到鹫津，从苏格兰大将到日本战国武将，权力争夺的故事在遥远的东方国度重新上演，却毫无突兀之感。电影叙事自然而流畅，人物生动而真实，之所以能如此巧妙地移花接木，只因主题的普遍性、人性的普遍性。麦克白的贪婪、软弱、犹豫和恐惧、矛盾而复杂的内心世界，麦克白夫人的冷血、狠毒、工于心计，反映的都是人性的弱点。这些人性中的脆弱和复杂性，不独属于哪一个国家哪一个时代，它在任何地方任何时候都可能发生。

同样的还有改编自《李尔王》的电影《乱》。和《蜘蛛巢城》一样，《乱》也是架设在诸侯纷争的日本战国时代。残忍狠毒的一文字秀虎征战多年，在年老之际打算将家产分给三个儿子。太郎、次郎均以巧言讨父亲欢心，只有最小的三郎直言劝诫，结果被驱逐出境……《乱》所讲述的故事和《李尔王》一样，只是把三个女儿换成了三个儿子。《乱》所表现的性格悲剧也同样具有普遍意义。李尔王和一文字的轻信和刚愎自用是悲剧的根源，子女们为获得利益和权力所做出的空口承诺也反映了人性的丑陋与恶。

黑泽明对莎士比亚戏剧的电影改编，是基于一种普遍的人性。观众之所以被吸引，被影片完全不同于莎士比亚格调的异域色彩吸引，并且不会带着基于原著

1　[英]罗吉·曼威尔：《莎士比亚与电影》，史正译，北京：中国电影出版社，1984，第101页。

的偏见去看待黑泽明的电影，这完全是源自对电影中普遍人性的共同思考。莎士比亚戏剧所表现的人性，是超越时代、超越民族的，因此，当日本导演黑泽明进行本土化的重新演绎时，仍然能大获成功。

二、日本传统文化的嫁接

黑泽明对莎士比亚戏剧的电影改编，完全保留了其中的故事情节，对叙事的改动非常少。如果说仅仅是"新瓶装旧酒"，观众也应该已经厌倦了其中早已讲过无数次的故事，不论情节的发展，还是角色的好坏，都是可预期的，那么黑泽明如何还能做到让观众有耳目一新的感觉呢？首要原因当然是电影在处理戏剧原著时，所展现出来的影像的力量，这在《蜘蛛巢城》和《乱》中已经体现得十分明显。而除了电影本身的影像魅力之外，还有一个十分重要的原因，那就是黑泽明在电影中所进行的日本传统文化的嫁接。他将莎士比亚笔下的欧洲王公贵族的故事，搬到了日本群雄逐鹿的诸侯割据时代；将西式的对白、西方风格的直抒胸臆，转化成东方民族的内敛含蓄；他将日本的传统艺术表现形式注入莎士比亚的故事之中。因此，黑泽明的电影已经不再是对莎士比亚戏剧的简单改编，而是一种全新的创造。

黑泽明将莎士比亚的故事融入日本传统的历史题材。黑泽明对日本的历史，尤其是战国时代的历史非常感兴趣，也十分熟悉。因此，对武士和诸侯等题材的表现，黑泽明总是驾轻就熟。他把莎士比亚的戏剧和日本的历史以及武士道文化等结合起来，这既是他的兴趣之所在，也是他擅长的方式。同时，这种东西方元素相结合的电影，既为日本及东亚国家的观众熟悉，又在一定程度上满足了西方世界对东方世界的想象。因此，黑泽明的电影不仅受到亚洲观众和电影工作者的推崇，在西方世界也享有盛誉，拥有广泛的追随者。

《蜘蛛巢城》和《乱》的故事背景都是战国时代诸侯割据的日本，与之相同的电影还有《影武者》。在这部电影里，黑泽明讲述了名将武田信玄死后其家族由盛而衰的故事，展现了影武者所处的战国时代权力的较量。日本的战国时代，名将如云，他们骁勇善战，攻城略地，有勇有谋，其中也不乏刚愎自用、篡位谋逆的野心家，如同李尔王、麦克白一样的悲剧枭雄。黑泽明在电影中对历史人物、历史题材的处理有着极高超的艺术技巧，不仅刻画出鲜明的人物形象，而且以点带面，以一个家族的故事生动地再现了一段民族的历史。黑泽明对历史的还原度很高，无论是人物的造型、说话行动的方式，还是电影的场景，以及音响和配乐，都具有很强的民族特色。其中不仅表现了日本的武士道精神和传统文化，对中国传统文化也有所指涉。例如《影武者》中武田家族的训言就出自《孙子兵法》，"故其疾如风，其徐如林，侵略如火，不动如山"，这也是贯穿全片的精神，是武田家族兴衰的关键。西方故事和日本历史题材的融合，是黑泽明对莎士比亚戏剧改编最鲜明的特色。如果我们研究细节，会发现更多日本传统文化的植入，这也让黑泽明的电影显示出与众不同的魅力。

黑泽明对历史题材的演绎还有一个鲜明的特色，那就是对日本能乐和传统绘画的借鉴。《蜘蛛巢城》和《乱》正是其中的经典代表。黑泽明对日本能乐有十分深刻的体悟，曾直言其电影中有许多能乐的元素。他曾说，对于《麦克白》里的林中女妖，一开始就想好了要用与能乐中的黑冢女妖相类似的妖怪形象，因为这是最接近西方女妖形象的日本妖怪。黑泽明电影在人物形象的塑造、场景的布置，以及舞蹈动作的设计等方面都具有能乐的风格。第一是人物的面具化。黑泽明认为西方电影中的人物是根据心理和环境来塑造的，而日本能乐中的人物则是一种面具式的表情。[1]所以在《蜘蛛巢城》等电影里，每一个演员在不同场景都有一个对应的能乐面具，在表演的时候他们会尽量做出面具上的表情。第二，在场景的布置方面，黑泽明也会参考能乐的舞台进行安排。例如鹫津弑君的房间、一文字秀虎的宴席、蛛脚森林里的预言场景等，都带有能乐舞台的意味。第三，黑泽明对电影中人物的动作设计非常注重，他"对能乐传统的舞蹈动作所下的功夫更胜于他对人物的心理状态的注意"[2]。黑泽明举了几个例子，如弑君场面、浅路的蹒跚而行、裙裾拖动的声响与能乐风格音乐的配合，还有鹫津在宴席上看见鬼魂时发狂的手舞足蹈，这些都是极具能乐舞蹈动作特点的表演。

黑泽明的电影还增加了日本的歌舞伎元素。如鹫津席上表演的老伶人、《乱》里的狂阿弥，这些看似与故事无关的小人物，一方面无意中揭示了阴谋或者象征着某种精神，另一方面也增添了电影的传统艺术氛围，更加充分地展

1　[英]罗吉·曼威尔：《莎士比亚与电影》，史正译，北京：中国电影出版社，1984年，第102页。

2　[英]罗吉·曼威尔：《莎士比亚与电影》，史正译，北京：中国电影出版社，1984年，第103页。

现了一个时代和一个民族的特征。此外，黑泽明受日本传统绘画影响，在电影构图方面较多地使用了绘画技巧。黑泽明的电影画面呈现出日本绘画的风格，并不是十分注意景深，而是在一个平面构图中集中地表现一个形象，尽量省略多余的画面，让影像的呈现更加有力。黑泽明认为，日本绘画的特点是留白，"把人和物画在很有限的一小块地方"[1]。因此，他在电影里也会刻意采用这种留白的构图方式，让画面显得十分简约凝练。简约是日本艺术的追求，它与日本人崇尚日常、质朴的精神风貌有关。黑泽明也将这种精神带到了电影创作中。

三、变形中的异质文化冲突

黑泽明的电影是一种变形，它们在对莎士比亚戏剧的改编中体现了异质文化的碰撞与冲突。这种碰撞与冲突主要体现在莎士比亚和黑泽明在处理相同故事的不同侧重点和手法上，尤其是他们在个人与时代、性别意识等方面，表现出不同的倾向。

（一）个人与时代

黑泽明一直为西方的电影风格所吸引，许多人甚至称其为"日本的莎士比亚"，认为他是最为西化的日本导演。尽管如此，黑泽明始终是在日本的传统文化中成长起来的，因此，在艺术创作中，他仍会不由自主地体现出来自日本传统文化和日本民族精神的影响。由于黑泽明与莎士比亚所成长的文化环境不同，所处的时代有着巨大差异，他们在人物形象的塑造和时代的表现方面显示出不同的倾向。莎士比亚是文艺复兴时期的文学巨人，他的作品极力彰显人的价值；而黑泽明是日本第二次世界大战后崛起的电影艺术家，他对时代的表现胜过对个人的书写。

莎士比亚的时代是人类历史上的关键时代，是地理大发现，英国走向全球、获得贸易和经济大发展的时代。此时，科学意识萌芽，宗教蒙昧和封建专制依然存在，新旧思想的冲突尤为剧烈。英国正处在积蓄力量等待变革的动荡不安中。在这动荡不安的时代，国内的社会思想也悄悄发生着变化。莎士比亚就是在这样

---

1 [英]罗吉·曼威尔：《莎士比亚与电影》，史正译，北京：中国电影出版社，1984年，第103页。

一个各种思想交锋的时代登上历史舞台，带着对"人"的价值的信仰，以天才的创作掀起了文艺复兴的高潮。

莎士比亚关注人，甚于人所处的环境和时代。不论是麦克白所处的苏格兰王国，还是李尔作为不列颠国王的时代背景，对于莎士比亚来说都不那么重要。似乎换一个历史时空，也丝毫不影响戏剧的表达。在莎士比亚的戏剧里，重要的是人，是"宇宙之精华，万物之灵长"的人。麦克白矛盾而复杂的人格，他的贪婪、自私与无主见，他的凶狠残暴与恐惧怀疑，都是人性弱点的体现。李尔王的悲剧也无关所处的时代和国度，是他的轻信与刚愎自用最终导致了自己和真正爱他的女儿的悲惨命运。不仅仅是这两部戏剧，莎士比亚的许多作品都可以进行时空的转接，丝毫不会让人感到不和谐。因为莎士比亚全力表现的，就是其中的人，人性的丑恶和人性的光芒、人与人之间的仇恨以及人与人之间真挚的情感。

而黑泽明是在两次世界大战中成长起来的，那时的日本青年不可能不受到战争和时代的影响。尽管黑泽明的内心是排斥战争的，他的童年仿佛是在不受侵扰的温室中度过，而青年时代却不得不面对战争带来的动荡与艰难岁月，他在自传里这样写道：

> 我童年受到的风吹雨打，只不过是一场震灾而已。第一次世界大战，俄国革命，日本社会的动荡与变迁，这些对于我也不过是听到了温室外的风雨声。
>
> 但从中学毕业起，我就像从温室移栽到秧畦里的苗儿一样，开始感到人世间的风雨了。大正十四年，我正读中学四年级，此时已经有了无线电广播，社会上发生的事，即使不愿意听也不能不听到了。前面我提到的中学实行军训，也是从这时开始的。社会呈现出莫可言喻的不安定，使人感到阵阵轻寒袭来。[1]

黑泽明对环境的感受是敏锐的，正是他对时代的鲜明认识，对外部世界强大破坏力量和人在时代中的渺小卑微处境的深切感受，使得他在作品中表现出来

1　[日]黑泽明：《黑泽明自传》，李正伦译，北京：中国电影出版社，1987年，第82页。

的时代力量超越了个人的力量。鹫津和一文字秀虎，以及武田信长的影子武士，无疑都是刻画得非常生动鲜明的人物形象。但我们仍能感觉到，他们的悲剧不仅是单纯的个人悲剧，更是这个战乱不断、动荡不安的时代所导致的悲剧。权力和荣誉都只是暂时的，成王败寇在那个时代似乎随时都可以发生，今日平定一方，明日为他人所取代，带血的王位也将被另一场血腥的战争夺走。黑泽明对时代和环境的真切感受，让他不可能像莎士比亚那样尽情讴歌人的价值。他看到人性中的不完美，看到人在环境中的犹豫和不由自主。正如他在《罗生门》里揭示的那样，每个人都在美化自己的行动，为自己的选择找理由，我们终究看不清真正发生过什么。

（二）文化中的性别意识

处在英国文艺复兴时代的莎士比亚和成长于战后日本的黑泽明不仅在处理个人与时代的主题方面存在差别，并且由于各自不同的文化传统和个性差异，莎士比亚和黑泽明的作品也体现了不同文化中不一样的性别意识。

莎士比亚笔下有许多个性鲜明，智慧、勇敢、善良的女性形象，当然，也有像麦克白夫人这样阴险狠毒的女性角色。但总的来说，莎士比亚是一个有强烈女性意识的剧作家。鲍西娅、罗瑟琳、薇奥拉……这些在智慧和勇气上都不逊于男性的女性角色在莎士比亚的戏剧中比比皆是。文艺复兴带给莎士比亚的是个人意识的觉醒，也是性别平等意识的觉醒。

而黑泽明的电影，则折射出日本社会女性与男性的不平等地位。黑泽明把莎士比亚《李尔王》中的三个女儿换成了三个儿子，看似无关故事本身，实则隐含着特定的文化选择。日本传统妇女的性格是温柔与顺从，她们在男性话语主宰的世界里并没有很高的地位。如果黑泽明沿用莎士比亚的设定，以三个女儿为表现对象，那么电影将失去真实性。为了防止这种"失真"，以男性角色取代原本的女性角色是黑泽明必然的选择。在莎士比亚的戏剧里，麦克白夫人阴险狠毒，个性鲜明，情感强烈，而黑泽明电影中的浅茅尽管也同样阴险狡猾、工于心计，却明显内敛。她一动不动地跪在地上，不动声色地怂恿丈夫，即便是一个反面角色，她的身上仍然有传统日本妇女的那种少言与顺从。浅茅的形象非常扁平，作为罪魁祸首的她，并不像麦克白夫人那样让人印象深刻，相反，她的形象非常模糊，显得很边缘，似有有意无意的淡化。莎士比亚和黑泽明在作品中表现出了不同的性别意识，这是不同文化环境女性地位的差异所造成的。艺术真实离不开生活真实，艺术作品中看似不经意的表达，实际都裹携着巨大的文化文本。

黑泽明改编的莎士比亚戏剧，是电影史上不可多得的精品，也是莎士比亚戏剧在电影时代的成功演绎。莎士比亚戏剧的西方风格与日本传统文化相结合，结出异质而独特的果实。莎士比亚作品在异域文化中的变形，其实正是莎士比亚戏剧普遍性和永恒生命力的表现。

第二节　从阴郁政治到科幻与童话

黑泽明执导的电影《蜘蛛巢城》与《乱》很好地诠释了政治的阴郁与压抑的一面，延续了莎士比亚对政治与权力的反思，弗雷德·威尔科克斯（Fred M. Wilcox）执导的《禁忌星球》（1956年，改编自《暴风雨》）则将莎士比亚的经典剧作与科幻进行了对接，罗杰·艾勒斯（Roger Allers）执导的《狮子王》（1994年，改编自《哈姆莱特》）则将莎士比亚的戏剧呈现为动画。很明显威尔科克斯与艾勒斯已经将莎士比亚剧作的电影改编推向了另外一个方向，那就是科幻与动画。可以说，这些改编后的电影在很大程度上是对莎士比亚戏剧精神内核的有效继承，与此同时，依据具体的文化背景与电影艺术发展的具体特点，这些电影又展开了积极的创新。科幻与动画将莎士比亚的戏剧魅力延续到了当代，同时也对那些经典戏剧对生命与命运的追问进行了有效的当代阐释。

一、《禁忌星球》：莎士比亚戏剧的科幻呈现

电影《禁忌星球》改编自莎士比亚晚年戏剧之一《暴风雨》，其故事来源尚不确定，还存在很大的争议。但是，可以肯定的是，《暴风雨》在莎士比亚时代曾在宫廷与公共剧院演出过，并且，这部戏剧经历过诸多改编，很多情节已与莎士比亚原作大相径庭。戏剧《暴风雨》与《仲夏夜之梦》都描写过庆祝贵族婚姻的情景，作为莎士比亚晚期的重要作品，《暴风雨》与《仲夏夜之梦》相比更多地具有晚年莎士比亚的思想观念，那是一种"和解"的人生态度的戏剧化书写，一般认为莎士比亚在《暴风雨》中探究的是复杂的人性与宽容的限度。

戏剧《暴风雨》主要讲述了一个奇幻故事。普洛斯帕罗是意大利北部米兰城邦的公爵，沉迷于魔法研究，让自己的弟弟安东尼奥处理国家政务，但是他的弟弟野心勃勃，在那不勒斯国王阿隆佐的帮助下，篡夺了公爵的宝座、夺取了公爵的领地。普洛斯帕罗和他的小女儿历尽艰险漂流到一个热带小岛上，他用魔法让岛上的精灵为自己服务，将妖怪当作自己的奴隶。后来，普洛斯帕罗用魔法唤起一阵风暴，使参加那不勒斯公主婚礼的阿隆佐与安东尼奥等人的船触礁沉没，但是所有人都流落到这个荒岛，安然无恙。精灵爱丽儿用美妙的歌声把王子弗迪南德带进了普洛斯帕罗的洞穴，公爵女儿米兰达与弗迪南德一见钟情。与此同时，卡列班想联合特林鸠罗与斯提凡诺暗杀普洛斯帕罗夺取小岛，被爱丽儿及时识破，普洛斯帕罗和爱丽儿一同施加魔法，阿隆佐及其贵族们一再受到戏弄与谴责。最后，普洛斯帕罗宽恕了所有人并解除魔咒，大家一起回到意大利，爱丽儿也获得了自由。戏剧中的神秘岛屿位于地中海，但对于伊丽莎白一世时代的英国人来说，这就是他们眼中有着致命吸引力的"新奇的世界"。

如果说《暴风雨》带着16世纪的伦敦观众去了一个完全陌生的地中海小岛，那么《禁忌星球》在四百多年后的电影时代又把观众带到了外太空，两个世界对各自时代的观众来说同样都是未知的领域。经历了科技革命的我们对外太空世界有了完全不同的认识：相对于神奇灵动的精灵，我们更容易想象一个有着类似能力的机器人。劫后余生的语文学家对应的就是落魄公爵，他破解了牵牛星四号（Altair IV）上高等文明的文字，掌握了在地球人看来等同于魔法的外星科技，还创造了类似于原著中精灵和怪物的机器人助手。当人类造访这一陌生星球时，发生了一系列奇怪且神秘的人和事：神秘莫测的语文学家、从未与父亲以外的地球人接触的少女、具有分析思维的机器人、古老的外星科技，以及隐藏在暗处的隐身恶魔……

20世纪50年代，科幻电影在美国正式成为一种电影类型，投资商也开始大力投资一些有市场潜力的科幻电影。《禁忌星球》就是其中一部，在当时与其地位相当的还有《世界之战》《地球停转之日》等。尽管《禁忌星球》在正式上映时票房并不乐观，甚至比较惨淡，但却是第一部故事完全发生在外星球上的科幻电影，开启了影视作品中使用超光速宇宙飞船的先河，把我们对未知领域的探索从地中海小岛转向了荒凉的牵牛星四号星球。影片中的角色和莎士比亚笔下的人物几乎实现了一一对应。虽然电影的特效在今天看来还十分粗糙，但是在当时却是一个极富想象力的创新，使得影片获得了当年的奥斯卡最佳特效奖提名。更为重要的是，这部电影在当时开创了一种探索外太空世界的类型电影，对后来的诸多此类型的电影提供了很好的参照。电影《禁忌星球》直接宣扬的观念是，人类应该勇于探索外太空空间，将外太空作为殖民地的摇篮。这部影片还有两个创造性的贡献：一是确立了此类类型电影叙述的基本结构与框架，二是第一次将机器人作为演员并引发持续争议，这对于类型电影的繁荣都是至关重要的。

将莎士比亚历史剧《暴风雨》中的叙述框架与基本情节挪用在电影《禁忌星球》上，是编剧的再创造之举，这种转换与对应显然收获了应有的效果。这一方面源于莎士比亚剧作本身极强的文学性，从叙事节奏到悬念设置都很好地吸引着读者；另一方面，作为剧作改编者的编剧，结合当时新潮的类型电影观念，以旧瓶装进当时新鲜的太空漫游之酒，实现了经典的再现与更新，将这部作品从阴郁的政治氛围纾解至悬念迭生又新奇有趣的太空探险，为科幻电影的繁荣与发展奠定了坚实的实践基础。

二、《狮子王》：莎士比亚戏剧的童话呈现

《狮子王》改编自莎士比亚戏剧《哈姆莱特》（Hamlet），戏剧《哈姆莱特》是莎士比亚所有戏剧中篇幅最长的一部，也是莎士比亚最负盛名的剧本，同时也是世界著名悲剧之一，同《麦克白》《李尔王》《奥瑟罗》一起被称为莎士比亚"四大悲剧"。戏剧《哈姆莱特》具有深刻的悲剧意义，展现了复杂的人物性格，运用了丰富完美的悲剧艺术手法，剧作文本代表了整个西方文艺复兴时期文学的最高成就。

戏剧《哈姆莱特》讲述了丹麦王子哈姆莱特的故事。哈姆莱特在德国威登堡大学就读时，国内传来噩耗，父王突然惨死，其叔叔克劳狄斯篡夺王位，母亲改嫁克劳狄斯。这对于哈姆莱特来说是一场巨大的变故。哈姆莱特回国奔丧，一天深夜，他在城堡里见到了父亲的鬼魂。父亲的鬼魂告诉他自己被叔叔克劳狄斯所害的真相，并要求儿子为他报仇，但不许伤害他的母亲，但要让她受到良心的谴责。哈姆莱特知道真相后，精神恍惚，他整天穿着黑色的丧服，一心想着复仇。一天，他去见自己的恋人、宫廷大臣的女儿奥菲利娅，他又想求爱又想复仇，行

为怪诞。奥菲利娅把王子的情况告诉了首相，首相又报告了克劳狄斯。克劳狄斯虽然不知道老国王鬼魂出现的事，但他心中有鬼，于是派人试探哈姆莱特。哈姆莱特一边想复仇，一边又碍于母亲的面子，同时他也不十分确定父亲鬼魂的话，非常苦恼。哈姆莱特决定要证实克劳狄斯的罪行，正好这时宫中来了一个戏班子，他安排了一出戏，内容是一个维也纳的公爵被他的一个近亲在花园里毒死，不久这个凶手还骗取了公爵夫人的爱。这出戏上演时，他在旁边注意观察克劳狄斯，见克劳狄斯坐立不安中途离去。哈姆莱特由此确认了父亲鬼魂的话，决定复仇。一次，克劳狄斯独自一人在忏悔，这是绝佳的机会，哈姆莱特本可以杀死他，可又觉得忏悔中的人被杀后会进入天堂，结果罢手。克劳狄斯派王后劝说哈姆莱特，哈姆莱特与母亲发生争执，误杀了躲在帷幕后偷听的首相。克劳狄斯以首相的儿子要复仇为由，要将哈姆莱特送往英国，准备借英王之手除掉哈姆莱特。哈姆莱特识破克劳狄斯的诡计，中途返回丹麦。当时，奥菲利娅受刺激发疯，落水身亡，哈姆莱特回国时，正赶上她的葬礼。克劳狄斯挑拨奥菲利娅的哥哥同哈姆莱特决斗，并在暗中准备了毒剑和毒酒。哈姆莱特第一回合获胜，克劳狄斯假意祝贺送上毒酒，但哈姆莱特没喝。哈姆莱特第二回合获胜，王后非常高兴，端起原准备给哈姆莱特的毒酒喝了下去。决斗中，哈姆莱特中了对手的毒剑，但他夺过剑后又击中了对方。王后中毒死去，奥菲利娅的哥哥也在生命的最后一刻揭露了克劳狄斯的阴谋。哈姆莱特凭借最后一点力气用手中的毒剑击中了克劳狄斯，随后自己也毒发身亡。

通过梳理《哈姆莱特》情节可见，复仇是该戏剧的主线，但是伴随复仇存在的是延宕与犹豫，在一次次复仇的纠结过程中，哈姆莱特的人物形象逐渐清晰起来，最后虽然以悲剧收场，但是在这繁复而有序的戏剧安排中可见莎士比亚的才情与组织戏剧的逻辑能力。电影《狮子王》延续了戏剧《哈姆莱特》的基本叙述框架，同时也是对戏剧《哈姆莱特》的创造性改编。

在电影《狮子王》中，故事的主人公是狮子王国的小王子辛巴，辛巴的父亲是威严的穆法沙国王，辛巴的叔叔刀疤一心想篡夺穆法沙的王位，为此刀疤用了一些恶劣的手段。其中最重要的手段就是除掉小王子辛巴，于是，刀疤不断制造小辛巴外出的理由，试图在小辛巴外出时寻得机会除掉小辛巴，但是每次穆法沙都及时出现救走了小辛巴。在一次次的算计与策划后，刀疤杀害了穆法沙，又追杀辛巴，辛巴成了逃亡的王子。辛巴在逃亡之旅中，认识了丁满与彭彭，在朋友的照顾下，辛巴长成了雄壮坚强的大狮子，同时也领悟了何为责任。最后辛巴回到故里，在朋友的帮助下获得了执政权，成为一位真正的狮子王。

将莎士比亚剧作改编成动画片是一种挑战，但是动画片《狮子王》获得了极好的口碑，这不仅因为剧情内在地参照了莎士比亚的经典巨作《哈姆莱特》，而且也由于动画片制作的技术升级提升了观影品质。作为迪士尼第32部动画电影，《狮子王》成为当时唯一进入电影票房前十名的动画电影。而作为一部以青少年为观影主体的动画电影，《狮子王》剔除了父辈间的情感恩怨，移植了"杀兄""篡位""杀侄"的母题，放弃了"夺嫂"母题，也就是说，刀疤并没有与母狮产生任何情感纠葛，刀疤也被简化为一个单纯的篡位者。所以，总体上相对于改编之前的戏剧《哈姆莱特》，《狮子王》的政治意味有所减少，与此同时畸形情感也表现不多，对亲情、友情、爱情及责任的全面展现与歌颂占据了核心地位。可见，电影《狮子王》完成了对戏剧《哈姆莱特》的一种当代超越，这种超越无论是从剧情结构还是从主体升华来看都极具当代观念，我们在欣赏精彩的动画片之余，获得了更多的当代反思。所以，从电影《狮子王》对戏剧《哈姆莱特》的改编中我们体会到精妙的改编与嫁接对经典戏剧生命力的重大意义。更难能可贵的是，电影将戏剧与动画进行了创新性结合，将当代意识与当代科技进行了有效衔接。

第三节　现代情感演绎

正如前文所言，对莎士比亚剧作的电影改编涉及科幻与动画等具体领域，电影将莎士比亚具有历史感的经典剧作进行了当代影像化阐释。与此同时，对莎士比亚经典剧作的电影改编还涉及剧中情感的现代演绎。可以说，莎士比亚对戏剧中人物错综复杂的情感纠葛的把握是极为准确的，这也是其戏剧经久不衰的重要原因之一。但是在电影时代，电影改编者必须从现代电影特点及现代观众特点的角度去考虑改编中的情感问题，因此，在将莎士比亚剧作改编为电影的过程中，如何将戏剧中的情感进行现代演绎是一个难点，不同的改编者往往会采取完全不同的处理方式，这种现代情感的演绎方式成为对莎士比亚戏剧再创作的重要角度。电影《不羁的天空》改编自《亨利四世》（第一卷，第二卷）和《亨利五世》，展现了一种现代隐性情感的复杂与无奈；电影《西区故事》改编自《罗密欧与朱丽叶》，展现的是现代情感在特殊的社会文化背景中的显在特征，以一种现代方式呈现了个人情感在种族与制度规约下的社会中的廉价与渺小。可以说，这两部电影脱胎于莎士比亚的戏剧，汲取了戏剧的结构框架与情节精华，但是在情感演绎上却呈现出明显的现代性意味，是莎士比亚剧作电影改编中极具代表性的两部作品。

一、《不羁的天空》：莎士比亚戏剧的隐性情感呈现

《不羁的天空》改编自《亨利四世》和《亨利五世》，是对莎士比亚经典的历史剧的改编。莎士比亚一生创作了11部以英国编年史为题材的历史剧，包括《亨利四世》（上、下）、《亨利五世》、《亨利六世》（上、中、下）、《亨利八世》、《理查二世》、《理查三世》、《爱德华三世》和《约翰王》。

历史剧在欧洲及英国又叫作编年史剧，这是一种从概念到划分标准都比较含糊的戏剧形式。一般认为这一戏剧形式有两个主要标准："首先，从取材上看，必须以真实的历史事件为依据，而不是以神话传说、民间故事或现代生活（即作家所生活的时代）为表现内容。其次，从表现手法上看，应该以真实地再现历史事件和历史人物为主旨。"[1]具体来看，剧情的主体应是历史事件，历史事件不是作为背景出现，与此同时，对人物的表现不能占据绝对的主导地位，人物的塑造要以史诗为重要依据，要将事件凸显出来，不能过分想象与虚构。

莎士比亚创作的历史剧依托于英国当时文艺复兴的社会历史背景：亨利七世平息了英国长期的战乱，实现了大一统，建立起都铎王朝；亨利八世力行宗教改革，摆脱宗教对国家政治经济的控制。与此同时，资本主义的发展与文艺复兴的兴起一起将英国推向繁荣的高峰——伊丽莎白时代。英国政治经济的繁荣与稳定直接促进了文学艺术的进一步繁荣，因此甚至可以说，莎士比亚历史剧的成就很大程度上要归功于他所处的时代。"他（莎士比亚）的历史剧，反映了从约翰王（1199）到亨利八世（1547）近350年的社会历史，展示了英国封建社会从确立巩固到成熟衰亡的整个历史进程。封建王朝所特有的一切矛盾冲突及运动规律，

---

1 王维昌：《莎士比亚研究》，合肥：安徽大学出版社，1999年，第40页。

君主政体在历史上的必然性、合理性以及随之而来的腐朽性与反动性，都得到了本质的反映。这是一面历史的镜子，这一社会阶段里所有的阶级、阶层、重要的人物、事件以及政治、经济、军事、法律、宗教、伦理、思想文化甚至礼仪、风俗等方面的情况，都可以在莎翁历史剧中找到依据。"[1]莎士比亚通过历史剧展现出的思想倾向主要有两点：其一，反对社会混乱；其二，拥护开明君主。具体而言，莎士比亚认为社会混乱的根源与不合格的君主关系密切，在争夺王位的谋杀与战争中，社会混乱不堪，同时封建贵族之间的割据与反叛也是造成社会混乱的重要原因。如《亨利四世》描绘了霍茨波及其家族对亨利王的不满与反叛，归根结底还是利益得不到满足。关于开明君主，莎士比亚在英国历史上选择了他认为开明的君主典范。亨利四世、亨利五世及爱德华三世，这几位君主比较贤明、英勇，并且都是合法继承的王位，但是"只有亨利五世，才是莎士比亚心目中完美的君主典型，因为他有权利继承王位，同时又有保卫王权、发展国家的坚定信念。因此，莎士比亚在《亨利四世》和《亨利五世》中，对他进行了赞赏性的描绘"[2]。

下面是《不羁的天空》与《亨利四世》中形成对照的人物、地点、情节等：

《不羁的天空》《亨利四世》

麦克————————波因斯

斯格特倡议打劫————波因斯建议打劫

旅馆——————————猪头酒店

老板娘：简—————老板娘：桂嫂

狮子变为懦夫————狮子变为懦夫

毒品被人偷————口袋被人摸

追求真实与自我————追求国家统一与反战

称赞斯格特————称赞哈尔聪明

称赞鲍勃、流浪————否定福斯塔夫

1　王维昌：《莎士比亚研究》，合肥：安徽大学出版社，1999年，第45页。
2　王维昌：《莎士比亚研究》，合肥：安徽大学出版社，1999年，第52页。

由对照可见，电影试图在莎士比亚经典历史剧作的框架下建构起美国平民的现实生活图景，这部电影始终伴随着阴暗的气息，影片的主人公是一位翩翩美少年，但是却一直徘徊在绝望与悲观之中，心事重重，迷茫不前。

电影《不羁的天空》是格斯·桑特（Gus Sant）执导的著名的同性恋题材电影。他之所以倾心于拍摄同性恋题材的电影，很大程度上是由于其本人就是一位公开了的同性恋导演。他还拍摄了几部类似题材的影片，如《蓝调女牛仔》《邪恶的夜晚》《迷幻牛郎》。关于男同性恋不得不提及"酷儿理论"，这个词语音译自英语单词"Queer"。该词原义是怪诞、古怪，起初专门用于侮辱男同性恋者，后由于男同性恋者与女同性恋者往往用这个词来反讽社会主流，于是该词成为男女同性恋者的合称。"酷儿理论"的基本观念是：其一，性别是非固定性的，一个人不可简单地定位为男人或女人；其二，一个人的性取向取决于性行为时的角色，人的性活动不是固定教条化的。这一理论成为诸多同性恋文化研究者参照的重要理论，同时也成为相关艺术创作、艺术传播与艺术欣赏的指导性理论。电影《不羁的天空》的拍摄一方面与"酷儿理论"的普及关系密切，另一方面也是在20世纪60年代以来西方世界的个性解放运动推动下，电影中的同性恋话语表达由隐及显的过程的产物。

该片用隐晦的影像描绘迷失的青少年生活、漂泊的男性性工作者以及美国阶级分化的社会现实。这部电影呈现的是一种隐性的情感取向，具体来看，电影极力呈现出双层隐性情感要素：其一，对男同性恋者情感纠葛的内隐叙述；其二，对美国主流价值观的含蓄讽刺。

二、《西区故事》：莎士比亚戏剧的显性情感呈现

《罗密欧与朱丽叶》是莎士比亚的著名四大悲剧之一。这部剧作从它的诞生开始，便以其独特的艺术魅力吸引了全世界对它的关注和重视。它不仅被改编为芭蕾舞剧和电影等艺术形式，而且内容也被许多导演改编成新的具有时代气息、能够反映一个时代社会现象的电影艺术作品。罗伯特·怀斯导演的电影《西区故事》就是这样一部艺术作品。

莎士比亚的《罗密欧与朱丽叶》的故事发生在古代意大利的维洛那城。凯普莱特和蒙太古两大家族有着世仇，他们经常发生械斗。在一次宴会上，蒙太古家

的儿子罗密欧偷偷混进了宴会场，与凯普莱特家的独生女儿邂逅，并一见钟情，双双坠入爱河。但是当时他们彼此并不知道对方的真实身份，当得知真相后，罗密欧仍然不能停止他对朱丽叶的爱慕之情。所以他去找朱丽叶，却正好发现朱丽叶在窗口呼唤着自己的名字。第二天，在罗密欧的请求下，修道院的劳伦斯神父为他和朱丽叶主持了婚礼。劳伦斯神父还寄希望于通过他们的婚姻能够结束两个家族世代的仇恨。然而，正是这一天，罗密欧与朱丽叶的堂兄提拔特在街上相遇，由于提拔特非要和罗密欧决斗，导致罗密欧的朋友为他而死。虽然罗密欧在盛怒下杀死了提拔特为朋友报了仇，但是他却被判流放。罗密欧刚一离开，凯普莱特夫妇就逼朱丽叶嫁给公爵的亲戚巴利斯。于是，朱丽叶向神父求助。神父给了她一种药帮助她假死逃婚，并迅速派人通知罗密欧。可是，阴差阳错，罗密欧早在神父的送信人来之前便得到了错误的消息。他连夜赶到朱丽叶的坟墓旁，杀死了阻拦他的巴利斯，并自杀死在了朱丽叶身旁。朱丽叶醒来后，发现罗密欧死了，也自杀殉情。等到两家父母赶到，神父便向他们讲述了罗密欧与朱丽叶的故事。直到这时，已经失去了儿女的两家人才消除了世代的积怨。

　　《西区故事》这部电影所讲述的故事内容与莎士比亚的《罗密欧与朱丽叶》所讲述的故事内容非常相似。《西区故事》这部电影主要向我们讲述了在曼哈顿西部的贫民区里有两个流氓团伙，分别是由白人里弗领导的"火箭"帮和由波多黎各人贝尔纳尔多领导的"鲨鱼"帮。这两个团伙为了各自的利益互相仇视，经常发生冲突。一天西区举行了一场大型的舞会，两个团伙激烈地拼舞，而在这时，"火箭"帮头目里弗的朋友托尼与"鲨鱼"帮头目贝尔纳尔多的妹妹玛丽亚相遇，一见钟情。贝尔纳尔多发现此事后，愤怒地强行让手下带走了妹妹玛丽亚。舞会结束后，托尼来到玛丽亚窗前呼唤她，两人经过交谈后坚定地相爱了。第二天，玛丽亚听说两个帮派将要决斗，便请求托尼前去阻止。托尼答应了她的请求，便匆匆赶到决斗地点，试图阻止这场恶斗，但双方均不接受。在混乱中，里弗被贝尔纳尔多所杀，而托尼则失手杀死了玛丽亚的哥哥贝尔纳尔多。玛丽亚因此陷入矛盾，十分痛苦，但她却始终放不下托尼。而当玛丽亚得知哥哥贝尔纳尔多的好友奇诺拿着手枪要找托尼算账后，便匆忙赶去给托尼报信。但是就在他们刚刚见面那一刹那，奇诺扣动了扳机，子弹无情地夺走了托尼的生命。玛丽亚悲痛欲绝，痛斥了两个帮派之间用仇恨杀人这一事实。影片最后以两个团伙合力共同抬走托尼的尸体离开事发现场而结束。

在莎士比亚的《罗密欧与朱丽叶》中，戏剧情节可以简单地概括为：两家深结世仇宿怨——舞会邂逅一见钟情——被迫决斗不幸误杀——被判流放设计逃婚——阴差阳错先后赴死——前嫌尽释消除积怨。而在罗伯特·怀斯导演的电影《西区故事》中，故事情节也可概括为：为求利益仇怨深结——舞会邂逅一见钟情——阻止决斗不幸误杀——匆忙报信仍遭复仇——前嫌尽释消除积怨。由此可见，两部作品有着基本一致的情节模式。

虽然这两部作品都以两个利益集团的激烈矛盾为故事发生的背景，以男女主人公纯洁美好而又强烈的爱情作为线索贯穿作品始终，但是我们仍然不能忽视它们各自独特的艺术价值，因为它们分别从某一角度反映了各自时代的社会问题。

莎士比亚的戏剧《罗密欧与朱丽叶》充满了文艺复兴时期人文主义者的浪漫情调。全剧以罗密欧与朱丽叶的爱情为核心，体现了美好的理想和希望被现实的仇恨所毁灭的悲剧，给人以沉重之感。然而，在戏剧的最后，作者却留下了一个相对乐观、理想的结局：虽然两个家族的子女——罗密欧与朱丽叶为了追求他们的爱情和理想双双殉情，但是，也正是他们对美好爱情的执着感化了有世仇宿怨的凯普莱特和蒙太古两大家族的人，从而促使这两大家族和好。两个年轻人以生命换取了他们的爱情和理想的胜利，人们为他们俩塑造的纯金塑像将永远矗立在维洛那城。这既是莎士比亚对罗密欧和朱丽叶的爱情力量的赞颂，也是他作为一个文艺复兴时期人文主义者对人类追求爱情和幸福、发展和进步的信心的体现。

而从思想内容上来看，与戏剧《罗密欧与朱丽叶》相比，电影《西区故事》发生了很大的变化。它主要是通过一个相同的故事结构来反映现代美国社会中存在的一些现象和问题，并以男女主人公纯洁美好的爱情为线索，深入挖掘现代美国社会中尖锐的问题和矛盾，从而使观众对其产生更深刻、清醒的认识，更理性地解决这些问题和矛盾。因此，电影《西区故事》对现代版的"罗密欧与朱丽叶"之间的爱情有了全新的演绎。

首先，人物身份的变化。在莎士比亚戏剧《罗密欧与朱丽叶》中，有宿怨的两大家族都属于当时社会中的名门望族，他们享有较高的社会地位，在各自的利益群体中具有代表性。所以，身为两大家族子女的罗密欧与朱丽叶为爱情而牺牲能够体现出他们与命运的抗争和在命运面前的无奈，从而更能体现出剧作强烈的

悲剧性。此外，也是由于他们二人的身份地位，他们的死才能起到促使两大家族和解的作用。

但是，到了现代电影《西区故事》中，为了各自的利益而互相仇视的两个团伙是曼哈顿西部贫民区里的两个流氓团伙。这两个团伙一个是由当地白人组成的，一个是由移民美国的波多黎各人组成的。在电影中，托尼和玛丽亚的爱情象征在美国的下层社会中当地白人与外来移民之间的一种通过激烈斗争而最终实现的从矛盾冲突到融合统一的社会关系。电影比较集中反映的也是当时美国社会下层百姓的生活状态和社会问题。由此可见，电影所表现的这两个团伙的人都属于社会下层。这说明了社会地位比较低的下层百姓得到了艺术创作者的重视。

其次，影片通过"火箭"帮和"鲨鱼"帮两个不同的利益团体的对抗来展现当时美国的社会现实，揭示当时社会中存在的问题。在托尼和玛丽亚邂逅的舞会结束后，两个团伙各自回到了自己的地盘举行一场团体内部的聚会。在这个小型聚会上，他们彼此展示了各自在美国的处境。由当地白人所组成的"火箭"帮在里弗带领下，以戏谑的方式表达他们对他们自己所处的美国下层社会的生存状况的认识和看法。在他们眼里，他们基本上是一些出生在问题家庭的孩子，他们在父母有不良嗜好、经常使用家庭暴力的家庭环境中长大，没有机会受到很好的教育，然而需要一个工作来糊口，又找不到合适的工作。在多种社会因素的复杂作用下，当时的美国社会比较普遍地出现了一种社会病，主要表现为一种心理疾病。影片在此向我们展现的是美国当时所遭遇的社会问题。

贝尔纳尔多领导的由外来移民波多黎各人组成的"鲨鱼"帮也在他们的聚会上将他们在波多黎各的生活状况和在美国的生活状况做了对比。在他们眼里，美国是一个非常繁华富足的地方，这里工业蓬勃发展，商业繁荣，城市也非常繁华，有很多像彩色电视机和洗衣机这样的新鲜事物。但是对于这些繁荣，他们却并没有机会享受，他们在这里什么也没有。他们外来移民的身份使得他们在美国的生活受到当地人的排斥和歧视。因此，在他们看来，美国本地的白人在美国的生活过得比他们好；他们要想自由地获得工作，受到尊重，有尊严地在美国生活，就得拥有自己的地盘。

两个组织各自的言行分别展示了他们在社会中所处的社会地位和生活现状。两个团伙在美国下层社会中都生活得十分不易，但是为了谋求更多的利益，双方深结仇怨。影片正是在这种深重的仇恨、尖锐的矛盾冲突中揭示当时美国社会普遍存在着的一些比较突出的社会问题。

第三，与莎士比亚的《罗密欧与朱丽叶》相比，电影《西区故事》的主旨也发生了一定的变化。《罗密欧与朱丽叶》主要反映的是莎士比亚作为一个文艺复兴时期人文主义者对人们追求美好爱情和幸福、追求发展和进步的歌颂和赞美，从而体现出莎士比亚对未来的信心。而电影《西区故事》中两伙人的矛盾不断升级最后导致其头目都死了。当托尼成为复仇的牺牲品死在玛丽亚怀里时，玛丽亚绝望而愤怒地斥责这两个团伙，说他们并不是用刀和枪杀人，而是用仇恨在杀人，她的斥责激发团伙成员对自己的行为进行反思。由此可见，导演想要通过电影来说明，在面对美国社会的诸多社会矛盾和社会问题时，仇恨是不能从根本上解决问题的，仇恨只能给人们带来更多的伤痛，因此要人们理性地看待和解决问题。在电影的最后，"火箭"帮的人来抬托尼的尸体，而"鲨鱼"帮的人也非常友好地走过来帮忙，这正象征了美国下层社会中，当地白人与外来移民波多黎各人之间矛盾的和解。

综上可见，罗伯特·怀斯导演的电影《西区故事》是对莎士比亚戏剧《罗密欧与朱丽叶》的一种现代情感的演绎，这种演绎是显性的、张扬的、激烈的，这部电影不仅明显地赞美和歌颂了托尼与玛丽亚纯洁美好的爱情，同时，也通过这对彼此相爱的人对这种充满矛盾的爱情的强烈追求而使这两个深结仇怨的团伙间的矛盾得到了更加集中显性的表现。正是在这样强烈的冲突中，托尼和玛丽亚所代表的那种美好与希望的破灭才更让人唏嘘，引人思考。

第四章

审美的嬗变

莎士比亚作品具有很强的时代性，从原初的舞台艺术到工业时代的电影呈现，它们在不同时代有不同的演绎，它们随时代变迁所呈现的不仅是社会生态的变迁，更是艺术形式的变迁，是审美的嬗变。电影的出现无疑是具有革命性的事件，这既是故事地形学分裂的召唤，也是科学技术进步的结果。电影是艺术与技术共同结出的果实。在技术手段的帮助下，电影能更加充分地进行表现，通过剪辑实现更为丰富的表意和更为复杂的情节设置。因此，电影承接戏剧，成为讲故事的新艺术形式。尽管莎士比亚没有生活在这个光影的时代，但是他的故事也注定要与这新的艺术形式相结合。

第一节　电影的美学场景

从戏剧到电影，艺术的审美发生了嬗变。莎士比亚从语言的艺术家，变成了镜头的灵魂与美学象征。电影和戏剧一样，承担着讲故事的任务，却又以不同的方式进行讲述。影像时代，故事被赋予了更多的视觉审美要素，超越戏剧舞台的美学场景就是其中之一。由于电影的媒介性质，可移动的摄像机能够充分地捕捉真实的图景，于是，电影首先赋予莎士比亚作品的是更为真实的美学场景。

一、故事地形学的分裂

从戏剧时代到电影时代，莎士比亚的作品被不断演绎，其中的故事也从舞台搬到银幕。从戏剧到电影，莎士比亚的故事不可避免地发生了变形，而这种变形的原因是多方面的，它既是艺术形态分化的结果，也是不同艺术的媒介属性和审美定位的要求，而不同程度的故事变形也正是不同社会形态的时代表征。

"故事"是人类隐喻性思维的体现，是人们认识世界的一种方式。世界上任何民族都有"讲故事"的传统，这已经成为人的内在心理需求。维柯认为，"诗性逻辑"是人类原初的思维本能，而"比譬"是"诗性逻辑"的必然结果。"最初的诗人们就用这种隐喻，让一些物体成为具有生命实质的真事真物，并用以己度物的方式，使它们也有感觉和情欲，这样就用它们来造一些寓言故事。"[1]可见，隐喻性思维是人类原初的思维方式，而寓言故事反映了人类最原始的心理需求。

最初的艺术都是以寓言或者讲故事的方式来呈现的，人们对故事的渴求在人类历史的演进中从未消退。无论是荷马的史诗、埃斯库罗斯的悲剧，还是乔托的宗教画，人们都会从中寻找故事，寻找某种隐喻意味。即便人们能够进行抽象思考，不再依赖替代性的形象来获取认知，故事也并没有从人们的世界消失，而是以更加丰富多彩的形式呈现。戏剧是讲故事的古老方式，有着悠久的历史；而电影，是光和电的时代产生的"讲故事"的新艺术。同样作为"讲故事"的艺术，戏剧和电影体现出一定的承续关系，也表现出不同的审美素质。此外，后工业时代的电子游戏、漫画、科幻小说等，也都为现代人类提供了新的故事形式。

莎士比亚在剧作中表现出了十分高妙的故事技巧。他善于制造冲突，"突转"与"发现"、偶然与必然在人物的命运遭际里随处可见。《第十二夜》里，女扮男装代主求婚的薇奥拉被伯爵小姐奥丽维娅爱慕，决斗中的薇奥拉被错认为孪生哥哥而得到帮助，奥丽维娅又错认西巴斯辛为薇奥拉而与之倾心……一切都在阴差阳错的冥冥之中走向各自的宿命，最终获得皆大欢喜的结局。亚里士多德强调对一个完整的行动的摹仿，而莎士比亚的戏剧则突破了亚里士多德的整一原则，在形式的多样性上体现了人文主义的自由精神。莎士比亚的作品也通过故事来表达情感，表现普遍人性和命运，或赞美爱情、歌颂友谊，或鞭挞邪恶、讽刺贪婪。寓言是人的本能，人们总能在对象化的世界里发现普遍真理，获得人生感悟。这也是莎士比亚的戏剧之所以能经久流传的原因。每一个时代都需要莎士比亚，每一个时代都在演绎属于自己的罗密欧与朱丽叶，每一个时代都在为哈姆莱特的悲剧命运做出新的理解。

戏剧是综合性的舞台艺术，它融合了多种艺术形式，如诗歌、音乐、造型、

1　[意]维柯：《新科学》，朱光潜译，北京：人民文学出版社，2008年，第174-175页。

表演，是时间艺术与空间艺术相结合的典范。亚里士多德的《诗学》将悲剧看作对人的行动的模仿，认为它起源于人的模仿本能。在他的悲剧六要素里，最重要的就是情节，即事件的安排[1]，而这也是故事的核心。朗西埃认为，从文学、戏剧到电影，是故事地形学分裂的结果。

> 文学是一种不通过（视觉）展示来表现的艺术，是我们不会进入其房间的"欺骗的艺术"，或者说是使故事地形学分裂的岛屿。因此，它能够将原本分开的看和说的能力结合起来，前提是话语不以视觉形象呈现。戏剧未来的历史就是这种单一展示的历史：话语不应再放在戏剧舞台上。这个舞台既太过物质化又不够物质化：对于话语艺术发现其矛盾特权的欺骗力量来说太过物质化；对于诗歌通过将自己化为形象或事物的语言来召唤这种缺失的赋形或化身来说又不够物质化。因此，戏剧舞台会成为这种歧义的场景；为了调整这种规约，一种新的艺术将被发明：mise-en-scène。[2]

在朗西埃看来，随着书写文学的出现，文学作品的叙事功能逐渐减弱，而美学场景的地位逐渐凸显，文学经历了一场沉默的革命。文学的美学转向将看和说的能力结合起来，它从单纯的讲故事转变为提供美学的视觉形象，只是这种形象不以真正的"看"为接收方式，而是提供一种心理上的视觉想象。文学通过语言，而非视觉画面来呈现情境；它以"非视觉"的方式让人们"看见"，将"看和说的能力结合起来"。当文学的美学素质逐渐显现，叙事不再是唯一追求，文学作为特殊的语言结构和无差别的客观描绘，与侧重行动和情节的戏剧艺术相分离，于是，戏剧的未来走向了"单一展示的历史"。此时，戏剧不再局限于对人物行动的摹仿，不同艺术既有共同的美学追求，也有各自不同的美学特性。文学

1　亚里士多德所说的悲剧六要素，指的是情节、性格、言词、思想、形象与歌曲。见伍蠡甫、胡经之：《西方文艺理论名著选编》，北京：北京大学出版社，2006年，第55页。

2　Jacques Rancière: *Mute Speech: Literature, Critical Theory, and Politics*. James Swenson, trans. New York: Columbia University Press, 2011, p. 165. "mise-en-scène" 通常译为"舞台布景"，但此处显得并不恰当，这里应该指的是"美学场景"。

由叙事向语言结构的转变，由情节设置向场景描绘的倾斜，是"故事地形学"分裂的开端。

电影之前，戏剧仍然是讲故事的主要形式。然而朗西埃说，作为舞台表演的戏剧"既太过物质化又不够物质化"。"太过物质化"指的是针对文学这种话语的艺术而言，戏剧提供的想象空间是有限的，它通过舞台上的人物表演呈现出十分具体的视觉形象，戏剧舞台相对于纯粹语言的文学，无疑是更为"物质化"的。而戏剧舞台对诗或者说剧本的赋形和还原又是不够充分的，即"不够物质化"。以莎士比亚的戏剧为例，《麦克白》里的女巫和她们口中的诡异预言，以及柯班的鬼魂等都受到戏剧舞台的限制，并不能真正充分地实现，也就显得不够"物质化"。因此，戏剧成了话语和视觉形象的"歧义场景"，一种新的艺术也势必产生，它能更加充分地呈现美学的场景，调节话语和形象化之间的关系，这就是电影。

二、从故事到美学场景

随着时代和社会的发展，人的思维方式和审美趣味也在一定程度上发生改变。人们逐渐不再满足于故事情节的曲折离奇、人物命运的悲欢离合，而是对文学和戏剧提出了更高的美学要求。亚里士多德在《诗学》中所提出的再现原则，也不再适应现代的艺术情形。文学、戏剧中非叙事的美学场景成为艺术性标出的特征，美学原则取代模仿原则成为界定艺术的法则。文学通过语言描绘场景与形象，戏剧则通过舞台布景来体现其美学性与艺术性。巴尔扎克的小说中打断叙事的风景描绘，福楼拜小说中对无意义物的风格化描写，以及普鲁斯特小说中往昔岁月的点滴拾遗……都与小说的故事情节无关，都是承载着美学氛围的审美表达。现代戏剧的发展也同样如此，越来越多的先锋派和实验者试图弱化戏剧的情节，从而更好地进行内在表现。贝克特的《等待戈多》以反传统的荒诞形式打破情节对戏剧的统治；梅特林克的现代剧场理论强调对"静态生命"的表达，强调戏剧的客观化场景呈现……以叙事为主的再现传统，在现代艺术中遭遇了挑战。

文学和戏剧都用各自的方式继续着现代艺术的美学革命，而故事，即人类固有的寓言本能，需要以更有效的方式进行表达。单纯地讲故事、直白地书写"善有善报、恶有恶报"的快意恩仇已经不能引起人们的兴趣，故事需要更加精巧的结构，需要思考的空间，需要更多的美学性、艺术性。文学提供想象的视觉形象，文学中的形象不是通过真正的"看"来实现，而是通过一种想象来实现的。戏剧提供真实的视觉形象，却受到时间和空间的限制，在表现效果上有很大的局限性。电影的出现不仅满足了人们对真实形象的渴求，也在讲故事方面有着极大的优势。电影通过技术获得对时间和空间的把握，具有戏剧舞台所不能比拟的优势。电影的出现对以舞台表演为主要形式的戏剧形成了冲击，故事地形学进一步分裂，戏剧的传播方式和受众群体决定了戏剧的未来是艺术性和美学性的时代，是叙事逐渐让位于表现的时代。

面向大众的电影艺术，更多地承接了叙事的使命，尽管电影类型也丰富多样，许多电影也有着十分强烈的美学追求，然而叙事仍是电影的主流，即讲故事仍然是电影最重要的内容。电影最初讲述的故事来自戏剧，在为人诟病的"舞台戏剧片"里，电影几乎照搬戏剧的表演。这种讲故事的方式并不见得比戏剧高明多少。后来梅里爱开始利用电影的特技手段为影片创造幻境，创造了戏剧无法实现的美学场景，以至于最初电影对布景的打造成为人们将电影区别于戏剧的主要特征。尽管这是基于对电影的误解，但足以说明电影最先引起人们注意的就是它对美学场景的调度。

莎士比亚是一个擅长讲故事的艺术家，也是一个善于发挥想象、注重场景设置的剧作家。莎士比亚和电影的相遇，不仅让原本的故事获得新的演绎，还让那些生动浪漫的环境成为真实的美学场景。莎士比亚在故事中有许多直接或间接的自然场景的描绘，而这些是戏剧舞台难以完美呈现的。首先是人物所处的环境，例如《第十二夜》里的伊利里亚城、公爵府、海滨、奥丽维娅的花园，戏剧舞台在这些场景的呈现上都存在着极大的局限性。而电影《第十二夜》（1996）则突破了戏剧舞台的限制，移动的摄影机将古朴恢宏的城堡、清新明丽的花园、余晖映照的海滨都摄入影片，让这些自然真实的风景成为映衬故事的舞台，为其增添了浪漫与真实的气氛。其次是人物的遭际，电影也能提供更真实的表现。如薇奥拉和哥哥遇险失散的场景：

我们的船撞破了之后，您和那几个跟您一同脱险的人紧攀在我们那只给风涛所颠摇的小船上，那时我瞧见您的哥哥很有机智地把他自己捆在一根浮在海面的桅樯上，勇敢和希望教给了他这个计策；我见他像阿里翁骑在海豚背上似地浮沉在波浪之间，直到我的眼睛望不见。[1]

剧本通过船长之口讲述兄妹遇险的经过，戏剧舞台无法真实地再现海难的情景，而电影通过特殊的技术手段和拍摄手法，可以还原这一段惊心动魄的险中求生场景。这样的例子还有许多。早期的电影《亨利五世》（1948）以绘制的布景表现了阿金库尔战役的真实情景，后来的电影能够更加纯熟地拍摄或合成实景，给予战争场面更真实、更充分的表现。如2015年上映的贾斯汀·库泽尔执导的《麦克白》，战争场面十分恢宏，千军万马奔腾，众将士高呼"麦克白"的场景，直接体现了电影对美学场景的把握和还原。

电影再现莎士比亚戏剧的动人情节，也赋予故事本身更真实的美学场景，在叙事和美学两方面更加充分地表现了莎士比亚的戏剧。它通过机位的移动、特效等技术手段，实现戏剧所不能实现的场景。电影对时空的把控也使其有着比戏剧舞台更大的容量，因此具有更加充分发挥的空间。从戏剧舞台到电影银幕，以人物、故事情节为主要表现对象的戏剧，向故事和美学场景交融的电影转变，这不仅是一种艺术形态的转变，也是一次审美方式的挪移。

三、美学场景的意义

美学场景在叙事中具有重要意义，它不仅是人物、事件出场的背景，更是电影美学与艺术性的体现。戏剧受舞台的限制，难以充分地展示美学场景，更难以通过美学场景进行表意。戏剧舞台更多地依赖演员的台词和动作来讲述故事和表达意义，直到现代戏剧理论开始强调布景和静态表现。戏剧在现代化过程中不断弱化传统叙事原则，越来越走向美学原则，注重美学场景的布置。梅特林克甚至强调一种与叙事完全相对的"静态生命"的表达。戏剧由单纯的讲故事，转向美学场景（mise-en-scène）的新艺术。尽管现代戏剧在反再现的道路上越走越远，诗学的再现原则越来越受到挑战，但是戏剧"过于物质化"和"不够物质化"的尴尬处境始终存在，在场景的客观呈现和美学的充分表达上也存在局限性，这样

1　[英]威廉·莎士比亚：《莎士比亚全集》（第2卷），朱生豪译，南京：译林出版社，1998年，第189页。

的矛盾性和局限性催生出新的美学场景的艺术形式——电影。电影在表现美学场景方面有着天然的优势，摄影机的移动、特效的运用，都让电影更有能力展现出戏剧所难于呈现的场景。

"电影……不仅是一门再现的艺术，而且是一门创造的艺术。由此而言，场景调度就不是'再现'，而是运用一定再现形式的叙事和表意。因此，场景调度主要是一种书写，一种'关系和意义'的书写，其次才是场景的调度。"[1]场景不是再现，而是意义的书写，是美学性的体现。因此，美学场景的意义就在于提升叙事艺术的美学性。在莎士比亚戏剧的电影改编中，电影通过超越舞台的真实美学场景，赋予原著更多的美学空间，增强了戏剧的意蕴和魅力，例如对亚登森林优美恬静的自然风光的呈现，对仲夏夜奇幻世界的构建。

电影美学场景的书写也标志着这一领域美学原则对模仿原则的胜利，标志着一种感性分配方式的变革，标志着一种感性的平等。朗西埃提出了"感性的分配"这一概念，并在此基础上建立了他的艺术体制论。"感性的分配"指的是人们可思、可说、可见、可听等可感的分配方式。任何艺术都包含某一特定社会的感性分配形式，而基于不同的感性分配可以划分出三种不同的艺术体制，分别是影像的伦理体制、艺术的再现体制和艺术的美学体制。每一种体制都代表了一种艺术界定标准和评判原则，所谓伦理体制，即伦理作为当时艺术的界定和评价体制；再现体制，即"模仿"或"再现"是艺术的主要原则；而美学体制，则意味着"美学"成为艺术的界定法则。在朗西埃看来，影像的伦理体制和艺术的再现体制都是包含等级秩序的感性分配形式，即一些人成为可说、可见、可听的主体，而另一些人的可感性则被排除在共同体之外。只有艺术的美学原则，才是平等的感性分配，它扰乱原有的感性分配秩序，让不可见者可见、不可说者可说、不可听者可听。亚里士多德的《诗学》就是艺术的再现体制的代表，他在书中严格规定了悲剧的表现对象、情节的安排原则以及与人物身份相符合的语言方式，建立了一种艺术的等级秩序。后来法国古典主义在其基础上建立了更为严格的再现原则，其中包括极大限制戏剧表现的"三一律"。而艺术的美学原则打破模仿原则对艺术的垄断，它要求艺术去除对题材、类型等的限制，对"言语-行为"

1　[法]让·米特里：《电影美学与心理学》，崔君衍译，南京：江苏文艺出版社，2012年，第392页。

等述行语言方式的要求，实现感性的重新分配。

　　莎士比亚被誉为文艺复兴的巨人，他突破了古典戏剧的法则，将戏剧从古典主义的桎梏中解放出来。莎士比亚将自然而非古代经典作为艺术的源泉，他将人的自然天性作为表现的对象。按照朗西埃关于艺术体制的划分，莎士比亚的戏剧其实包含着再现体制和美学体制两种艺术原则。一方面，莎士比亚戏剧的主人公仍以王公贵族、富家子弟为主，并且注重情节的设置和语言作为"言语—行为"的述行功能，惩恶扬善仍然是情节构设所坚持的基本价值观念；另一方面，莎士比亚又通过对自然的表现，用一个个光辉的小人物塑造和看似无意义的刻画与描绘打断叙事，打破戏剧的整一与和谐。如《仲夏夜之梦》里的"戏中戏"和奇幻场景，《皆大欢喜》里的小丑试金石和亚登森林里的牧人，他们看似与叙事的主线无关，却以一种独特的方式彰显了戏剧的平等意识。电影则在此基础上给予莎士比亚戏剧更充分的美学支持，其中美学场景对叙事的阻断正是艺术美学原则的体现，它使电影摆脱再现逻辑，摆脱不平等的感性分配，从而建构更加平等的美学秩序。

　　然而值得注意的是，尽管美学是电影的重要表现原则，传统叙事对于电影仍然有着十分重要的意义。正如莎士比亚的戏剧并未完全摆脱再现逻辑，电影也不可能成为纯粹的非再现的艺术。朗西埃将电影归为再现体制与美学体制并存的艺术，它既具有天然的美学素质，也受多方面影响，始终是以叙事为主的大众艺术形式。由于摄影机镜头的客观性和被动性，电影一方面成为美学体制的典范，一方面也成为复归传统再现原则的手段。电影在讲故事的艺术方面有着天然的优势，戏剧冲突、情节发展等传统叙事要素在电影中都可以得到充分的展现；电影又作为大众艺术，它的商业环境、受众群体，也决定了它不可能彻底地摆脱叙事逻辑，走向纯粹的美学呈现。迎合观众的理想化人物形象、"突转"与"发现"的戏剧性故事情节，仍然是无数电影观众选择走进电影院的原因。德国、法国的先锋派，意大利新写实、法国新浪潮等现代主义电影运动，曾经在某种程度上对以传统叙事和戏剧性情节为主的电影模式提出质疑，他们以人的意识或生活片断来取代戏剧性情节，注重实景拍摄，注重美学场景，力图恢复更加纯粹和真实的生命知觉。然而，这并不能成为电影的全部，电影始终是叙事与美学相互斗争又并存的场所，是再现体制与美学体制相互交锋又彼此共进的艺术形式。

　　莎士比亚的戏剧曾经是大众的艺术，是上达宫廷、下至百姓的娱乐方式，后来却变成了经典文学和经典戏剧，成为精英文化的一部分。而电影是大众化的媒介方式，大多数电影作品仍遵循商业的逻辑，力图满足观众的故事和寓言本能。莎士比亚的戏剧被搬上银幕，必然也会发生一种商业化和大众化的转向。不论是忠实于原著的演绎，还是对戏剧的现代或异质化改编，大部分都以故事情节表现为主，而其中美学场景的呈现也必不可少。只是一些电影表现出较高的艺术水平，故事的自然流畅和场景的真实唯美结合得恰到好处；而另一些电影则制作低劣，将原著改编得面目全非，以庸俗的改编剧情和粗糙的制作迎合市场，而非基于艺术的考量。商业电影倾向于带给人们感官愉悦，其中符合主流价值观的人物与情节设置，具有视觉冲击的场景呈现，造就平凡大众的"英雄梦"；还有一些电影则始终拒绝与传统叙事合谋，拒绝迎合人们的内在欲望和情感诉求，它们我行我素地进行反再现的美学尝试，力图展现生命世界的本真形式。当然，更多的电影介于二者之间，它们既有满足观众视听愉悦与好奇心的人物形象塑造和跌宕起伏的情节，也有充分的美学场景呈现和细节符号表达，是虚假与真实相互交织、美学原则与再现原则共同作用的产物。

　　电影承接戏剧讲故事的命运，赋予原来的故事更为丰富的戏剧性情节和更为真实的美学场景。每一个时代的人都需要属于自己的故事，属于自己的寓言，这是人类最原始的心理本能。文学、戏剧中美学原则的兴起，导致了故事地形学的分裂，于是，电影更多地承担了我们这个时代讲故事的使命。电影的特性决定了它在美学场景上给予故事更强的表现力，这也是电影成为艺术的重要原因。电影的美学场景不仅是电影艺术性的体现，也是打破叙事垄断的表现方式，它让叙事的艺术由再现体制走向美学体制。然而，从文学、戏剧到电影，它们各自的审美特性和受众群体决定了作品的表现方式和侧重点，莎士比亚的戏剧也不例外。因此，电影在增强表现力的同时，也因其大众化和商业化的性质，在一定程度上回归了亚里士多德式的再现体制，比如主动迎合观众对惩恶扬善的心理需求、对离奇曲折的情节和大团圆结局的期待。

第二节　从话语到形象

　　莎士比亚的作品从戏剧时代到电影时代，也经历了表意方式的变迁。莎士比亚的作品以舞台戏剧和文学的方式流传下来，戏剧和文学都有各自的表意方式。电影和戏剧有许多共同的表意手段，从表面来看，有形象、动作、台词、音响、场景等；从深层次来看，大多数电影和戏剧都离不开戏剧性的情节结构和人物性格的塑造。然而，在这些共同表意手段的运用和调动方面，电影和戏剧却有很大不同，它们在电影和戏剧中扮演的角色和占据的分量也各不相同。其中最显著的一点，就是电影释放它的技术本能，将原本戏剧中以话语呈现的形象、以话语推进的行动、以话语表达的情感，由真实的形象、镜头的运用和艺术的剪辑来实现。从话语到形象，是戏剧审美到电影审美的一个重要转变。

一、戏剧的话语模式

　　形象和话语是戏剧和电影中十分重要的因素。尽管大部分电影和戏剧一样，语言在其中扮演着重要角色，但是并不能据此将电影视作戏剧的一种表现形式。戏剧中的话语模式和话语在戏剧中的意义，都与话语之于电影的作用和地位不尽相同。莎士比亚的作品主要依靠话语来表达戏剧的主题。

　　米特里说，戏剧是演员"以语言在场形式体现出来的剧情在场"，因此，"如果说电影的在场是人物和世界的形式统一，那么，戏剧中的在场就是演员和话语的形式统一，在场就是得到体现的话语。在戏剧中，演员并不表演一个角色，他承担一种话语，即承担一个完全由台词决定的人物"[1]。可以说，绝大多数情况下，话语就是戏剧的存在形式。

　　戏剧中的话语主要有几种形式，旁白、对话、独白和歌唱。旁白的作用是提示和解说。莎士比亚的戏剧中，旁白主要出现在场景切换和人物出场时，用于交代事情发生的地点和人物身份等情况。对话是莎士比亚戏剧中最常见的话语形式，几乎所有情节的推动、人物性格的刻画、戏剧诗意的表现，都在人物的对话中完成。由于戏剧时空的限制，故事情节大多只能依靠人物的对话来推进，对于

1　[法]让·米特里：《电影美学与心理学》，崔君衍译，南京：江苏文艺出版社，2012年，第396页。

戏剧舞台无法表现的场景，更是依赖人物的对话或独白，如之前所说《第十二夜》中由船长讲述薇奥拉和哥哥在海上的遭遇。除特殊情况（如哑剧）以外，戏剧可以说是话语的艺术。现代主义戏剧重视表现，话语的作用被适当地弱化，但对于大多数戏剧艺术而言，话语叙事仍是主流。

莎士比亚的戏剧通过话语来刻画人物形象，并且其中的诗意、哲理与抒情性也都体现在话语里，这些话语也成为经典的一部分。《威尼斯商人》一开始就是安东尼奥和朋友的对话。安东尼奥说道：

> 真的，我不知道我为什么这样忧郁。这真叫我厌烦。你们说这也让你们觉得厌烦；可是我是怎么染上这种忧郁的呢？怎么发现它、撞上它的呢？这种忧郁究竟是什么玩艺儿，它是打哪儿钻出来的？对此，我却全不知道。忧郁已经使我变成了一个傻瓜，我简直有点自己都不明白自己了。
>
> ⋯⋯⋯⋯
>
> 我把这世界不过看作一个世界；每一个人必须在这舞台上扮演一个角色，我扮演的是一个悲哀的角色。[1]

仅仅在第一幕安东尼奥向朋友充满忧郁的倾诉中，他的性格就已经在对话中被勾勒出来，一个温文尔雅、重视友情却又多愁善感、忧郁悲观的商人形象展现在人们的面前。安东尼奥在话语里也表现出一种对人生和世界的困惑与思考，这个世界就是一个舞台，每一个人都不过是其中扮演的角色。莎士比亚善于把握人物的语言，善于通过语言迅速而准确地表现一个人的性格。在《第十二夜》里，公爵一开场就用极其抒情的语言告白，尽管身边只是自己的侍从，他也毫无顾忌，一个用情至深、至真至性的形象在话语中表现了出来。

> 假如音乐是爱情的食粮，那么奏下去吧；尽量地奏下去，好让爱情因过饱噎塞而死。又奏起这个调子来了！它有一种渐渐消沉下去的节

1　[英]威廉·莎士比亚：《莎士比亚全集》（第1卷），朱生豪译，南京：译林出版社，1998年，第393−395页。

奏。啊！它经过我的耳畔，就像一缕微风吹拂一丛紫罗兰，发出轻柔的声音，一面把花香偷走，一面又把花香分送。

…………

当我第一眼瞧见奥丽维娅的时候，我觉得好像她把空气都给澄清了。那时我就变成了一头鹿；我的情欲像凶暴残酷的猎犬一样，永远追逐着我。[1]

由此可见，莎士比亚戏剧中人物形象的塑造主要依靠生动而富于个性化的语言，包括对白和独白。人物不仅在自己的语言中出场，也在别人的语言里出场。奥丽维娅的第一次出场就是在公爵的话语里，她的形象也由此得以想象性呈现。爱情让公爵疯狂而感性、忧伤，从他炽热的语言里，我们想象着一个优雅纯净、极具魅力的奥丽维娅。

戏剧中的心理活动主要通过独白来表现。《皆大欢喜》第三幕第二场，奥兰多在亚登森林里把诗悬在树上，并且以独白的方式向罗瑟琳表达爱恋。他将内心的情感、对心上人的思念用语言表现出来，这些原本隐藏在内心的东西通过语言得以外化。这也是戏剧的特点之一，尽管心理活动是隐蔽的、默然的，但在戏剧舞台上，在有限的时间空间里，这种内心的隐蔽情感很难被把握，也很难传达给观众。因此，以话语方式，略带夸张地直抒胸臆，成为戏剧舞台的表现形式。

此外，莎士比亚的戏剧中，歌唱也是表达情感的一种话语形式。"孰能敝屣尊荣，来沐丽日光风，觅食自求果腹，一饱欣然意足：何不来此？何不来此？何不来此？目之所接，精神契一，唯忧雨雪之将至。"[2] 阿米恩斯的歌唱，歌词十分优美，表现了一种豁达畅然的人生观，一种人与自然合而为一的精神追求，充满了洒脱、清新、旷达的意味。莎士比亚善于利用歌唱的形式表达情感，表现内在意蕴。戏剧中的歌唱类似于中国古典诗歌中的起兴，看似与叙事无关，实则从另一方面表现某种象征意义，也增添了戏剧的艺术性和美学色彩。

话语是戏剧最重要的表意形式之一，它以旁白、对话、独白甚至是歌唱的形

1　[英]威廉·莎士比亚：《莎士比亚全集》（第2卷），朱生豪译，南京：译林出版社，1998年，第187页。

2　[英]威廉·莎士比亚：《莎士比亚全集》（第2卷），朱生豪译，南京：译林出版社，1998年，第122页。

式，推动故事情节的发展，塑造人物形象，表现人物性格，表达内在情感，传达哲理与意蕴。话语在电影的表意方面同样起着很大的作用，不论是无声电影还是有声电影。在无声电影时期，尽管没有人物台词，电影也需要文字即"间幕"，对影片进行提示和说明，如格里菲斯的电影《党同伐异》（1916）就以字幕的形式对场景切换和故事内容进行解释说明。而当电影进入有声时代，台词的加入极大地增强了电影的表现力，电影不再需要大段的字幕进行解说，表演变得更加真实自然。尽管电影也离不开语言，字幕、台词等都是电影重要的表意手段，但是电影对话语的依赖远少于戏剧，因为镜头对形象的展示可以表达许多意义，从而将不必要的话语隐藏起来。

不论戏剧还是电影，话语都在演员的表演之前就已经形成，它是预先的安排和设计。话语代表着一种被决定的感性分配，代表着确定的情感和意义。现代戏剧试图减少这种确定性，以形象的表现来取代话语的解释。而当以形象表现为主体的电影闯入戏剧的领地，首当其冲的就是戏剧的话语模式。戏剧和电影都是表演的艺术，都具有视觉形象的呈现，然而，电影的影像相对于戏剧的舞台形象有更多的意义生成的可能。

二、形象的表意

戏剧和电影都是提供视觉形象的艺术，因此形象在戏剧和电影中都是必不可少的，形象包括人物形象、物象，甚至虚拟形象。戏剧和电影的形象展现有所不同，因此在表意方面所承担的角色功能也不尽相同。对于莎士比亚的戏剧和电影中的视觉形象，理论家们有不同的看法。亨利·迈耶特尔认为莎士比亚的作品具有电影性，因为无论莎士比亚的具体再现手段多么简单，莎士比亚都一定会将视觉形象植入话语，他作品中的语汇、语汇的节奏和安排都是为了在人们心中唤起一部想象的影片。[1]而米特里则有不同看法，他认为莎士比亚式的"语言艺术"和电影的影像艺术是两种相反的过程，前者给话语加上影像魅力，后者给视像加上话语的提示性力量，二者之间有与生俱来的对立。"在莎士比亚的作品中，视觉性取决于述说，它寓于语言中，尽管有时它脱颖而出，犹如散发自玫瑰的芬

1　[法]让·米特里：《电影美学与心理学》，崔君衍译，南京：江苏文艺出版社，2012年，第400页。

芳：影像依赖语汇的表达。反之，在一部好影片中，述说寓于影像之中，或者说它依赖视觉表现形式。因此，尽管有种种表象，莎士比亚仍像拉辛或希腊悲剧诗人埃斯库罗斯一样，也少有电影性。"[1] 迈耶特尔和米特里的说法都有道理，很难判定谁对谁错，于是我们姑且搁置关于莎士比亚电影性的争议。但至少有一点是明确的，不论莎士比亚的作品是否具有"电影性"，电影影像和戏剧形象（包括舞台戏剧形象和戏剧文学中的形象）是有区别的。

戏剧展现的是整体形象，而电影呈现的是特定形象。戏剧演员与观众处在同一空间，却属于不同"世界"，观众和舞台保持着一定的距离，舞台作为一个"异世界"进行整体地呈现。演员和观众之间仿佛隔着一面透明的墙，观众能看见舞台上的那个世界，却不属于那个世界。在空间和心理的双重审美距离之下，观众的目光是放眼整体的，难以把握舞台的细节和人物表情的细微变化，一些瞬间的动作往往不被察觉。这也就导致戏剧形象在传达内在情感和意义方面稍显不足，必须以话语表达。电影则可以通过镜头的运用，拉近观众与影像的距离，从而展现形象细微的变化，表达微妙含蓄的意义。尤其是电影的特写镜头，将演员的整个面部表情呈现在观众的面前，皱眉、流泪、微笑、愤怒，每一丝细微的变化都能被感知。苔丝狄蒙娜遭到奥瑟罗的斥责和怀疑，镜头中的她眉头微蹙，那张美丽的脸显出悲伤、委屈的神情，让观众为之动容。

莎士比亚的《皆大欢喜》里有这样的片段，奥兰多和罗瑟琳初次见面时互生爱恋，临别时他们各自内心发生了情感变化：

> 奥兰多：我不能说一句谢谢你吗？我的心神早已摔倒，站在这儿的只是一个人形的枪靶，一块没有了生命的木石。
>
> 罗瑟琳：他在叫我们回去。我的矜傲早随我的命运一起丢尽；我且去问他有什么话说。您叫我们吗，先生？先生，您摔跤摔得真好；给您征服了的，不单是您的敌人。[2]

---

1 [法]让·米特里：《电影美学与心理学》，崔君衍译，南京：江苏文艺出版社，2012年，第400页。
2 [英]威廉·莎士比亚：《莎士比亚全集》（第2卷），朱生豪译，南京：译林出版社，1998年，第107页。

在戏剧舞台上，男女主人公只能用直白的话语表现初遇时萌生的情感，即便这种情感是含蓄委婉的。对于情感的表现，戏剧在话语之外的形象表达上存在局限性。虽然戏剧人物也可以通过动作、表情来表达情感与内心，但由于审美距离、表演的即时性等问题，形象的表意并不充分，这时就需要更多地调动话语。电影则不同，它可以将镜头拉近，充分拍摄陷入爱恋的男女主人公的表情。奥兰多深情的目光，罗瑟琳含羞带笑的低眉，两人依依不舍的告别……一系列表情和动作表现了青年男女彼此暗生的情愫，美好而纯真。电影将戏剧中的话语转化为对形象的展示，镜头突出人物形象在场景中的中心位置，以人物动作表情的细微变化作为表意的主体。话语在影像的凸显下弱化，情绪收敛内转，戏剧表演的夸张转向了电影影像的含蓄。

电影不仅通过影像的特写来表现人物的心理活动和内在情感，还通过影像的运动和拼接来表现动作，推动情节。戏剧也通过演员的动作来推进，但受舞台的限制，戏剧中的动作和表演在真实性方面远不及电影，很多时候仍然需要台词对动作进行描述。麦克白被俘后挣扎道："他们已经缚住我的手脚；我不能逃走，可是我必须像熊一样挣扎到底。"[1]《奥瑟罗》里，爱米利娅被刺，"我说的是真话，愿我的灵魂享受天福；我的话是跟我的思想一致的。我死了，我死了"[2]。戏剧舞台对暴力、死亡等情形的表现只能通过人物动作进行象征性表达，只有结合话语才能够准确地表意。因此，演员在表演死亡时，还需要配以台词，才能向观众表达确切的意义。而电影中的动作一方面通过人物的表演来获得，另一方面则通过摄影机的移动或电影特技来呈现。摄影机的移动大大扩展了人物的动作幅度和范围，它可以任意切换角度，从多个方面展现动作场景，并且通过借位表现更真实的冲突斗争。除了摄影机的移动，电影还可以通过特技进行动作的处理。总之，电影通过镜头的配合，可以以形象的方式准确地表现动作、情节，不再依赖话语对行为动作进行说明。

戏剧由于时间和空间的限制，舞台上的形象是有限的，人物、道具的安排都必须控制在一定范围内。在对群体的表现上，戏剧只能通过"提喻"，以部分代

1　[英]威廉·莎士比亚：《莎士比亚全集》（第6卷），朱生豪译，南京：译林出版社，1998年，第186页。
2　[英]威廉·莎士比亚：《莎士比亚全集》（第5卷），朱生豪译，南京：译林出版社，1998年，第509页。

整体的方式表现较为大型的场面。而在电影中，摄影机扩大了电影的表现范围，也极大地扩充了电影的容量，从而使得电影中的形象更为丰富繁杂。例如弗朗哥·菲泽雷里的电影《罗密欧与朱丽叶》（1968），一开始就交代了两个家族的仇恨源起。影片开场是古城维洛那喧闹的集市，熙熙攘攘的人群和吆喝叫卖的小贩，凯普莱特家的仆人出现在集市，由于他们对蒙太古家的仆人的挑衅，一场争吵斗殴逐渐演变为全民械斗。参与打斗的人越来越多，集市被搅得混乱不堪，有围观的，有趁势加入的，有收拾货物准备撤离的，有抱着哭闹的孩子躲避的……电影将众多人物凝缩在小小的银幕里，通过混乱的群体场面的展示，表现了两个家族之间的矛盾和纷争。电影对群像的展现是戏剧舞台难以企及的，"凯普莱特，蒙太古，你们已经三次为了一句口头上的空言，引起了市民的械斗，扰乱了我们街道上的安宁……"[1]，而戏剧舞台有限的空间无法真实地再现古城街道上演的混乱。又如《麦克白》中的战争，戏剧只能以有限的人物来表现，而电影则可以真实地再现宏大的战争场面。2015年版的电影《麦克白》已经彻底颠覆了戏剧的舞台表现形式，以极具现代色彩的拍摄手法将莎士比亚的经典戏剧改编成一部恢宏的史诗巨制。战场上的千军万马、血腥厮杀，还原了残酷而真实的战争，麦克白这个人物形象也被塑造得更加复杂立体。

形象和话语一样，具有表意功能。在戏剧中，形象的表现能力受舞台距离、舞台时间和空间的限制，并不能充分地表达意义。很多时候，戏剧仍然依赖话语对行动、情节、情感和心理活动做出解释说明，以明确戏剧的表意。而电影则可以通过摄影镜头的推、拉、摇、移、升、降等方式获得对形象细节的捕捉，从而使电影中的形象能够表达更加丰富的意义。

三、形象的美学思考

从话语到形象，电影减少了对戏剧语言的依赖，它以非言说的方式表达言说的意义。因此，影像也成为一种语言，一种美学的语言。电影影像以形象的方式讲故事，它让原本依靠话语推进的行动、以言语展现的内心和表达的情感，成为形象的表意对象。形象弱化了话语的作用，也进一步消弭了戏剧的舞台色彩和仪

1　[英]威廉·莎士比亚：《莎士比亚全集》第5卷，朱生豪译，南京：译林出版社，1998年，第95页。

式感，以一种"沉默"的方式表现更加丰富的美学意义。

电影形象的意义是生成性的，相对于话语，它具有更广阔的意义空间。电影中的形象展示是对话语确定意义的解除。戏剧语言通常较为直白，尽管语言也有含蓄意指，具有暧昧性，但在戏剧舞台的具体情境中，话语的意义相对确定。现代剧场理论提出以客观静止的形象，取代传统戏剧中激烈的冲突与话语的嘈杂。梅特林克曾试图从莎士比亚戏剧的爱与暴力中提取"静止的悲剧"（motionless tragedy）。在梅特林克看来，莎士比亚的悲剧所表现的是普遍的人性，是关于生命与价值的永恒主题。而这些具有普遍意义的主题是否可以在平凡而自然的形象中得以表现，从轰轰烈烈的英雄事迹回归生活本身？"'无限'的神秘、灵魂与上帝的预兆、地平线上'永恒'的低吟，以及我们意识到的关于自我的命运……这些构成李尔王、麦克白和哈姆莱特等悲剧内核的东西，是否可以用一些更接近我们自身的形象来代替？一个老人，安静地坐在扶椅上，身旁是一只小羊羔，身后是寂静的门窗，这一切笼罩在落晖颤抖的余晕里，他耐心地、静静地等候着他的命运降临……"[1]梅特林克相信，这样一幅安静的画面所承载的生命意义，并不亚于李尔王、麦克白身上的戏剧冲突和命运悲剧。梅特林克关于"静止的生命"的戏剧理想，体现了他对真实的渴求，以及对形象意义生成的肯定。

梅特林克的戏剧理想在电影中得到更加充分的表达，莎士比亚的戏剧也在电影影像的表现中获得更加丰富的意义。在20世纪70年代，格斯·范·桑特开始根据莎士比亚的《亨利四世》（第一、第二卷）和《亨利五世》着手创作电影。《不羁的天空》就是一部将古典戏剧改编成现代情感故事的电影。电影从宫廷生活、权力斗争中走出来，只是从戏剧中提取生活的片段，并将其转化为现代人的成长与情感经历。正如导演所说，《亨利四世》就是一个街头故事……电影采用了不少戏剧对白，却呈现出与戏剧完全不同的风格。影片中的人物形象透出浓浓的忧郁与迷茫，在爱与欲中苦苦挣扎的底层青年身上，情欲、爱情、生活与理想复杂交错，谁也无法确定电影想要表达什么，影像的意义似乎永远是生成的、可以无限延伸的。

形象具有可思性，这也正是影像美学的内在特征。1750年，鲍姆嘉登出版了《美学》（Aesthetics）一书，从而提出了一种全新的认识论。鲍姆嘉登所宣

1　Jacques Rancière: *Film Fables*. E. Battista, trans. New York: Berg, 2006, p. 6.

称的"美学",实际上并非特指艺术的理论,而是指"感性知识"(sensible knowledge)领域。所谓"感性知识",即与可以用逻辑进行分析的、明晰的知识相对的,模糊的、感觉的知识。[1]美学,从一开始就并不是指纯粹的感性、直觉,而是一种"知识",带有思考的性质。可思性与美学并不是对立的,相反,可思性是美学的一部分。从话语到形象,从戏剧到电影,电影影像所凝结的不确定性增添了电影的可思性。"影像并不只是为了被观看而存在,它不仅可被视见,同时是可阅读的;换言之,景框不只有着载录音效,亦有着视觉信息的暗示性功能。"[2]形象是可阅读的、可分析的,也就是说,形象是可思的。如果说存在一种电影的现代性,那么就是不断地增加形象的可思性,不断打破叙事与话语的逻辑。莎士比亚戏剧的电影改编也遵循这样的规律。早期的电影仍有极强的舞台戏剧性,而随着电影理论和创作的发展,电影越来越注重对形象的表现,并且突出形象的暧昧性与可思性。黑泽明改编自莎士比亚戏剧的电影《乱》和《蜘蛛巢城》就刻意避免冗余的对白,十分注重对形象的表现,充分体现了形象的可思性。如《蜘蛛巢城》中鹫津和三木在蛛脚森林里遇见的"妖怪",她白发苍苍,瘦骨嶙峋,一边摇着空空的纺车,一边念念有词地吟唱……不仅营造出恐怖诡谲的气氛,而且以一种神秘的气息引起观众的思考。鹫津杀死城主以后陷入妄想,他在晚宴时面对空气的惊惧神态和一阵乱砍,表现了一种极其复杂与混乱的心理状态,也同样给予观众思考和想象的空间。

电影通过形象的表现打破话语的垄断,释放平等与感性的潜能。米特里说:"戏剧的现实是被理解的现实,电影的现实是被感知的现实。"[3]在他看来,影像在电影中的作用类似于话语在舞台剧中的作用,但是它们的表现能力是不同的,且诉诸不同的智力活动。形象既有可思性,也包含着直觉的把握。形象的另一层意义在于"可感",在于让人获得一种感悟,而非某种确定的理解。"可感性"也是形象表意的一方面,只是这是与理性、知觉相对的另一种意义。形象的可感性打破话语对意义的垄断,让观众在直觉体悟中获得对生命本身的理解。电

1　朱光潜:《西方美学史》,北京:金城出版社,2010年,第223页。
2　[法]吉尔·德勒兹:《电影I:运动-影像》,黄建宏译,台北:远流出版事业股份有限公司,2003年,第46页。
3　[法]让·米特里:《电影美学与心理学》,崔君衍译,南京:江苏文艺出版社,2012年,第398页。

影中麦克白那悲伤、苍凉的神情，不是彰显弑君篡位者的可悲，而是唤起人们心底的同情。电影影像的呈现让一个权倾天下的野心家，流露出和普通人一样的脆弱和绝望，带给观众心灵的震撼和情感的共鸣。电影中的"思想不再是由话语决定和限定的，而是通过各式各样的暗示被认定和呈现的"[1]。舞台戏剧中话语占据着重要地位，也在一定程度上垄断了意义。形象则通过暗示、可感的方式打破话语对意义的垄断，实现观众与导演、演员的平等。拒绝阐释、回归感性是现代电影的一种形态，甚至出现极端的反话语主义，例如韩国导演金基德的电影总是以很少的对白，甚至是无对白来解除话语对意义的控制，只留下纯粹的形象供观众"阅读"和思考。

电影从话语转向形象，具有深刻的美学意义。话语是已经安排好的思想的表达，是确定的意义。而形象是可思、可感的，它的意义是暧昧的、生成的，它拒绝确定的阐释，从而打破话语对意义的垄断。形象中所蕴含的感性，不仅提升了电影的美学性，同时也彰显了一种平等的精神。

第三节　电影语言

电影是一种语言，尽管这个说法一直存在争议，但它似乎已经成为许多电影批评者进行文本分析的前提。"电影最初是一种电影演出或者是现实的简单再现，以后便逐渐变成了一种语言，也就是说，叙述故事和传达思想的手段。"[2]电影作为一种语言的根据是它可以像其他语言方式一样进行故事的叙述、信息的传递，以及思想、情感等意义的表达。表意是语言的基本功能，因此，电影也是一种语言。

1　[法]让·米特里：《电影美学与心理学》，崔君衍译，南京：江苏文艺出版社，
　　2012年，第398页。
2　[法]马赛尔·马尔丹：《电影语言》，何振淦译，北京：中国电影出版社，1980
　　年，序言第4页。

一、画面

画面是电影语言的基本表意单位，是"电影的原材料"[1]。之前所说的美学场景、形象等都是画面的元素。除此以外，运动、音响、色彩等也是构成画面的基本要素。电影画面和戏剧场面的根本区别在于前者提供的真实性。马尔丹在《电影语言》中从三个方面概括了电影画面的功能和特征。

首先，电影画面是"一种具有形象价值的具体现实"。摄影机的机械属性决定了它的客观性，它提供给电影一种真实的视象。"电影画面首先是现实主义的，或者更确切地说，它拥有现实的全部（或几乎是全部）外在表现。"[2]电影《罗密欧与朱丽叶》中复原的维洛那古城，从建筑、街道、集市到人们的装束都回到了那个时代，营造出一种真实感。而在戏剧舞台上，真实的复现是不可能的，观众知道这是舞台表演，就不会产生强烈的现实感。电影则不同，电影画面的真实性很容易激起观众的现实感，让人信以为真，同时将自己的情绪卷入人物的情感与命运遭际里。这是一种很初级、很自然的反应。于是，看到罗密欧即将服下毒药时，观众恨不得去提醒他朱丽叶没有死，这就是电影带来的沉浸式体验，是真实的再现造成的。

其次，电影画面是"一种具有感染价值的美学现实"。"电影给我们提供的现实是一种艺术形象，如果略加思考，我们就能发现这种艺术形象完全是非现实的（例如特写镜头和音乐的作用），而且是根据导演本人在感性和理性上的表现意图再安排过的。"[3]电影画面的现实性，是一种经过艺术处理的美学现实。相对于戏剧，电影更容易对画面进行加强，或纯化。例如电影特写就是一种纯化，它可以让画面变得十分简洁，去掉多余的影像，突出想要表现的对象。奥逊·威尔斯的电影《奥瑟罗》（1951）的最后苔丝狄蒙娜之死：奥瑟罗掐死妻子，阿米利亚敲击门窗，奥瑟罗打开门，面无表情地走出去，阿米利亚发现濒临死亡的苔丝狄蒙娜，镜头再次转向奥瑟罗高大却落寞的背影……画面中没有多余的事物，

1　[法]马赛尔·马尔丹：《电影语言》，何振淦译，北京：中国电影出版社，1980年，第1页。

2　[法]马赛尔·马尔丹：《电影语言》，何振淦译，北京：中国电影出版社，1980年，第1页。

3　[法]马赛尔·马尔丹：《电影语言》，何振淦译，北京：中国电影出版社，1980年，第4—5页。

在空荡荡的房子里，奥瑟罗缓慢地踏上楼梯又折回，镜头在奥瑟罗和阿米利亚身上交替。这是一种刻意的美学处理，导演引导着观众的视线。而戏剧在舞台上则始终呈现的是一个整体，不像电影镜头的游走可以随时转移叙事的焦点。此外，电影还可以通过各种手段加强表现效果，如音响、快镜头、慢镜头、定格等。因此，电影画面呈现的是经过艺术处理的美学现实，这也是和戏剧完全不同的地方。

最后，电影画面是"一种具有含义的感知现实"。马尔丹说，电影画面忠实地再现了摄影机所摄录的事件，但其自身却并不指明其中的深刻含义。单独的画面并不给人以确定的意义，想要挖掘画面背后的深刻意义，就需要结合电影的"上下文关系"。同时，观众思想上的"上下文关系"也很重要，"每个人都会根据他自身的趣味、文化修养、教养、道德观、政治观和社会观，还有他的偏见和无知而对影片作出不同反应"[1]。电影画面作为电影最基本的意义单位，其深刻意旨需要观众结合语境和自身的知识与修养水平来获取。马尔丹所说的画面意义的模棱两可，实际上就是我们前文所述的形象意义的不确定性和生成性。戏剧依靠话语将意义固定，从而减少了观众对意义生成的参与。而电影画面则保留了意义生成的空间，观众可以根据它进行不同方式的解读，让电影的意义更加丰富。相较于戏剧的审美距离和确定性，电影给予观众参与意义生成的可能。

马尔丹对电影画面的三层意义的分析是比较全面的。而对电影语言的意义研究，我们不得不正视电影符号学在这方面所取得的成就。电影和戏剧意义的生成都离不开"分节"，即将电影和戏剧按照一定的意义单位进行切分。戏剧的意义单位就是它的"幕"和"场"，对于一场戏我们很难再进一步地切分和提取，因此，戏剧的表意更倾向于一种整体性。而电影可以提取出最小的"意素"，如一个眼神、一个声响。艾柯则将电影看作至少是"三层分节"的代码系统，即图像、图像历时产生的运动，以及经过安排形成的运动组合，他认为只有这样才能构成电影的意义单位。[2]麦茨将电影符号学看作是关于"直接意指"和"含蓄

1　[法]马赛尔·马尔丹：《电影语言》，何振淦译，北京：中国电影出版社，1980年，第8页。

2　[意]乌伯托·艾柯：《电影代码的分节方式》，载[法]克里斯丁·麦茨等：《电影与方法：符号学文选》，李幼蒸译，北京：生活·读书·新知三联书店，2002年，第82-85页。

意指"的研究。所谓"直接意指",指的是电影符号直接传达的信息和基本意义;"含蓄意指"指的是增附于"直接意指"上的美学性意指,如电影的"风格""样式""象征"和"诗意气氛"。[1]"直接意指"和"含蓄意旨"都是语言学的概念,以此分析电影语言,似乎也有一定的可行性。值得注意的是,对电影语言学式的意义分解,往往容易忽略具体影片的独特审美价值,而将电影的特殊性还原为一般性。马尔丹首先表明了电影画面与真实之间的关系,然后在"具体现实""美学现实"的基础上,增加了观众的"感知现实",于是画面不是约定俗成、有确定意义的符号,而是摄影机的客观性、导演的理性和感性,以及观众的认识和感知共同构成的意义体。由于摄影机的客观性,电影画面呈现出超出戏剧舞台的真实性,而这种真实是根据导演的表现要求经过艺术处理的美学现实。同时,观众的心理感知也赋予电影画面新的意义。

二、蒙太奇

蒙太奇是电影语言的又一种形式,它让电影的表意更加丰富,也更趋近于自然。蒙太奇就是将摄影机拍下的镜头按照一定的顺序重新联结起来的一种手段。爱森斯坦认为蒙太奇的任务是"连贯地、有条理地叙述主题、情节、动作、行为,叙述一段戏内部和整个电影故事内部运动"[2]。蒙太奇之于电影有重要意义,它让电影彻底摆脱了戏剧的模式,有了更加复杂的表意可能。它增强了电影的表意功能,让电影能够连贯、有条理地讲述复杂而完整的故事。

蒙太奇是一种艺术和技术的手段,它的产生让电影更加符合人的自然感知,从而增强了电影的现实感。"在日常生活中,我们在观察和认识周围的事物时,既可以通过连续的跟踪而不破坏现实的时空统一,也可以通过分割现实打乱现实的时空统一来进行,连着看(或想),跳着看(或想),这是人们观察和认识现实生活的两种基本方法。"[3]我们都会有这样的日常经验,有时我们对某一事物

1 [法]克里斯丁·麦茨:《电影符号学中的几个问题》,载[法]克里斯丁·麦茨等:《电影与方法:符号学文选》,李幼蒸译,北京:生活·读书·新知三联书店,2002年,第8页。
2 [苏联]C. M. 爱森斯坦:《蒙太奇论》,富澜译,北京:中国电影出版社,1998年,第277页。
3 邓烛非:《电影蒙太奇概论》,北京:中国广播电视出版社,1998年,第2页。

的观察是连续性、统一性的，例如全神贯注地看一场比赛，或者在海边看日出、日落；而有时我们的视线和思维又是跳跃的，比如在看比赛的时候一会儿看赛场一会儿看观众席，看着一个运动员联想到他在上一场比赛中的情景……维尔托夫将电影摄影机称为"电影眼"，实际上就是指摄影机能够像人的眼睛一样观察和认识事物，并且比人眼更加敏锐。两种观察方式对应两种镜头语言，即长镜头和蒙太奇。

蒙太奇对应的是感知的跳跃性和内在的连贯性。它让电影突破了时间和空间的限制，最大限度地还原一种感觉的真实。贾斯汀·库泽尔的《麦克白》开头就是一组慢镜头与蒙太奇的配合。电影以慢镜头突出展示几个年轻战士冲锋陷阵，继而又以正常速度展现战争的场面，两组不同速度的画面交替出现，时快时慢，时近时远，这种对时空的拼接处理一方面展现了战争的激烈和残酷，另一方面表现了战士的勇敢和同仇敌忾，极具感染力。电影通过蒙太奇还原了一个完整的叙事过程，既有近景，又有远景，既能观察到人物的细节，也能把握战争场面的宏大。也许这才是真实的战争。正如爱森斯坦所说，蒙太奇不仅不会让电影远离现实主义，而且提供了更加连贯、更合逻辑的现实。[1]许多观众仍然把蒙太奇视为一种"幻术"或杂耍，是导演拍摄技巧的体现。其实蒙太奇所做的只是让电影更真实，更接近我们的自然感知。而戏剧由于舞台的局限性，很难表现感知的跳跃，它的叙事始终是线性的。

蒙太奇打破时间和空间的整一，因此能极大地扩充叙事的容量，并且自由地进行表现。叙事艺术都具有一定的时空结构，故事的发生发展离不开特定的时间和空间。时间、空间是艺术十分重要的两个维度。戏剧最早出现了时空结构，然而这种时空结构是受限制的，无法充分表现真实世界的丰富多彩。直到电影的出现，尤其是电影蒙太奇的出现，叙事的时空有了前所未有的自由，并且极大地扩展了艺术的表现领域。从战场、森林到宫廷、海滨，从古至今，甚至到遥远的未来，都可以以蒙太奇的形式凝缩到电影之中。

戏剧艺术出现了初步的时空结构，特别在近代欧洲的那场关于

1　[苏联]C. M. 爱森斯坦：《蒙太奇论》，富澜译，北京：中国电影出版社，1998年，第281–282页。

"三一律"的争论，打破了戏剧时空的局限，取得分幕分场变换时空的自由。但是，一部大型的戏剧的分幕分场充其量不过十多次，顶多也就构筑十多个时空，远不能生动的反映丰富多彩的大千世界。电影时空不同于戏剧时空，一部电影可以有几百个甚至上千个镜头，这种高度的时空自由必然使得电影艺术家越来越重视对时空结构的探索……[1]

莎士比亚的戏剧有"幕"和"场"，每一场可以作为一个时空。以《李尔王》的第一幕为例。第一场发生的地点是"李尔王宫中大厅"，第二场则切换至"葛罗斯特伯爵城堡中的厅堂"。戏剧舞台没有变，场与场之间通过话语的提示或布景的变化进行转换。戏剧完全依靠人在舞台上的话语和行动来演绎，其中所构筑的时空也是有限的。戏剧时空结构的简单性使得它无法呈现真实而繁杂的生活。而电影的场景转移和叙事切换则要灵活许多，它主要依靠镜头和蒙太奇。每一个镜头都可以构筑一个时空，因此电影可以表现现实的方方面面，从而构建一个完整的世界。蒙太奇的运用在于将镜头构筑的时空按照感知的顺序联结起来，它们不一定遵循叙事的顺序，而是遵循一种内在逻辑和感知形式。

电影蒙太奇可以增强叙事效果，相较于戏剧，它可以在打乱的时空和拼接中加快叙事的节奏。莎士比亚的戏剧已经不再局限于单一的行动线索，而是展开多线索的叙事。他总是恰到好处地将不同行动序列的众多人物在某一场合集中起来，将故事推向一个个高潮，从而将观众的情绪点燃。《皆大欢喜》就是双线叙事，奥兰多和虐待他的兄长，罗瑟琳和堂妹西莉娅分别构成戏剧的两条主线，而这两条主线又在恰当的时机相互交织在一起。例如奥兰多和武师查尔斯的比武场上，罗瑟琳和奥兰多初次相遇，一见钟情，彼此倾心，为故事的后续发展埋下伏笔。分离之后的彼此挂牵，念念不忘，放逐流亡中的再度重逢，多线索、多角度的叙事打破了古典戏剧的法则，增加了故事的丰富性和趣味性。然而实际上，舞台戏剧对多线叙事的表现并不充分，这也导致莎士比亚的叙事手法在戏剧表演中被淡化。而电影蒙太奇在多线叙事上却有着极大的优势。电影通过蒙太奇表现平行时空，双线甚至多线交织，能最大限度地展现叙事结构和实现戏剧冲突。

---

1 邓烛非：《电影蒙太奇概论》，北京：中国广播电视出版社，1998年，第136页。

三、电影特技

电影是机械复制时代的艺术，它具有很强的技术性和时代性。和传统戏剧相比，各种特技的运用极大地增强了电影的表现力。电影中的特技有很多种，简单的电影特技并不需要特殊的设备，只需使用一些特殊拍摄方法，如倒摄法、停机再摄法、多次曝光法和透视摄影法等；而有时电影摄制中需要表现的场面无法用摄影技术拍摄，于是需要使用其他设备，或者电脑后期来完成。电影特技是电影有别于戏剧的又一因素，而特技的加入并非让电影远离现实，而是为了让电影呈现出更加真实的美学效果。

电影特殊效果的产生依赖特殊的技术手段，如今常见的有特效化妆、特效摄影、模型制作、影像合成、计算机图形、3D技术等。特效在现代电影中有着重要的作用。如果电影拍摄难度大，危险性高，就需要用特效代替真正的表演，如《碟中谍》里汤姆·克鲁斯的各种惊险表演，都离不开特技的支持。有些电影为了降低拍摄成本，也会采取特技手段取代实景拍摄，比如制作模型，电影《泰坦尼克号》就是用"泰坦尼克号"邮轮的模型再现了那场世纪灾难。还有些电影为了制作出违反自然规律、满足人们想象的幻景，同样会使用特技，比如电影《哈利·波特》里的九又四分之三站台、骑着扫帚在半空中打魁地奇等等，都是电脑特技产生的效果。

莎士比亚的戏剧中有许多戏剧舞台难以表现的形象和场景，而当它们与电影相遇，却获得了充分的表现。比如戏剧里的决斗、厮杀、死亡等场面，在舞台上只能象征性地予以表示，而无法呈现出真实感。观众知道场上的打斗是假的，死亡也是假的，尽管也会被其中的情绪所感染，但无法获得一种沉浸式的体验，不会有代入感。电影则不同，它通过特技呈现出十分逼真的厮杀、斗争与死亡场面，观众可以看见刀刺进胸膛，鲜血喷涌而出，甚至头颅被割下等一系列可怖而真实的场景，内心从而受到强烈的震动。莎士比亚戏剧中还有不少幻景，也是舞台戏剧在表现上有所欠缺的。比如看到死去的班柯的鬼魂正坐在他的座位上，麦克白吓得惊慌失措，"别这样对我摇着你的染着血的头发"[1]，而后班柯的鬼魂

1　[英]威廉·莎士比亚：《莎士比亚全集》（第6卷），朱生豪译，南京：译林出版社，1998年，第154页。

隐去，之后又出现，麦克白彻底陷入疯狂。戏剧舞台无法呈现一个突然出现又突然消失的鬼魂，演员必须上场、下场，这样就让鬼魂的真实性和恐怖感大打折扣。而电影却可以充分地呈现这种幻象。《蜘蛛巢城》里三木的鬼魂忽地一下出现在座席上，他脸色苍白，没有一丝表情，样子十分悚然。他在画面里的突然出现和消失都是电影特技的结果，这不仅再现了莎士比亚戏剧中的阴郁氛围，让人感到恐怖诡谲，更烘托出了麦克白濒临崩溃的精神状态。

莎士比亚的经典喜剧《仲夏夜之梦》充满浪漫的梦幻色彩，是一部适合电影改编的作品。这部戏剧充斥着各种各样的浪漫与幻想元素，包括居住在奇幻森林里的仙王、仙后、小精灵，巧妙的戏中戏，以及人变成动物的奇幻场景。对于这样一部幻想性作品，电影无疑更能够创造出一个符合人们期待的奇异世界。事实上，电影对《仲夏夜之梦》的改编比比皆是，早期奥地利戏剧导演马克斯·莱恩哈特将这部梦幻剧搬上银幕，结果"与电影格格不入的硬纸板造的幻梦剧成为笑柄，也同时毁伤原作"[1]。莎士比亚的剧本提供给读者的是想象空间，这种想象一旦现实化则有可能破坏人们的想象。因此，对电影的艺术要求会更高。在电影的历史上，涌现过许多版本的《仲夏夜之梦》，其中有好有坏，比较经典的有詹姆斯·卡格尼（James Cagney）在1935年拍摄的版本，以及伊里·特恩卡（Jirí Trnka）在1959年制作的动画版本。两部电影都善于运用电影的特殊技术手段进行幻景的呈现，前者的特效装扮惟妙惟肖，后者以木偶制作为底本进行定格拍摄，都给人耳目一新的感觉。

不论是增强现实，还是制造梦幻，电影特技的运用都是为了给观众营造身临其境的真实感。电影特技须根据电影摄制的具体要求来安排，讲求恰到好处、真实自然和不着痕迹，如果滥用特效，或者粗制滥造，不仅不能增强电影的表现力，反而会让电影沦为哗众取宠的笑柄。

1　[法]让·米特里：《电影美学与心理学》，崔君衍译，南京：江苏文艺出版社，2012年，第401页。

第五章

永恒与新变

第一节　永恒的莎士比亚戏剧

莎士比亚在1590年至1612年间创作了近四十部戏剧，他的戏剧多取材于历史、小说、民间传说故事及旧戏，同时积极借鉴古代希腊戏剧、英国中世纪戏剧及欧洲新兴的文化艺术。所以莎士比亚戏剧能够深刻地洞察社会、表现人生、反思时代，特别是莎士比亚的戏剧中那些栩栩如生的人物形象，体现了莎士比亚心中的人性观念。莎士比亚戏剧的经典性很大程度上是在文学领域建立起来的，其剧本文本作为文学经典在西方文学史上具有举足轻重的地位。与此同时，莎士比亚的戏剧创作与戏剧演出也无法脱离其所处的时代背景与文化风貌，潜在地反映莎士比亚时代的社会与生活，但是莎士比亚剧作中对人性的描写、对情感的描绘、对人类心灵的触动又使其戏剧具有强大的生命力。正是这种生命力才使得莎士比亚剧作在不同的时代、不同的国家地区得到广泛的传播与赞扬，在千差万别的莎士比亚戏剧改编历史中，人们一直得益于莎士比亚戏剧传达出的关于人类共同体的命运追问、情感体验与生存思考。

一、莎士比亚戏剧的经典性与时代性

莎士比亚是文艺复兴时期欧洲人文主义文学的集大成者，其作为英国文学史与英国戏剧史上的里程碑式的人物，具有太多的可以言说的意义层面。

首先，莎士比亚剧作为后世戏剧创作提供了绝佳的典范，受莎士比亚戏剧影响的剧作家与戏剧作品不胜枚举。当然，莎士比亚的戏剧创作也同样继承了前辈人文主义作家的优良传统，在文学领域敢于挑战封建和宗教经院文学的清规戒律。也可以说，他的戏剧创作有为平民创作的维度，而不是一味迎合贵族上层阶级，如莎士比亚的悲剧有很多描写国王或者贵族阶级的局限性，其作品中这些统治阶级与贵族阶级已经不再被高高地捧在神坛上，而是具有平凡人的喜怒哀乐与爱恨情仇。当然，莎士比亚描写这些国王贵族很多时候是为了解剖他们、分析他们，特别是从这些人物形形色色的不良德行里得出这个阶级已经彻底腐朽衰败的结论，并由此在英国社会中提倡人文精神与人文主义，主张建立一个理想的开明君主统治各阶级和谐共处的国度。莎士比亚几乎用一生的时间编织这样一个理想，但是这种乌托邦式的想象也许永远不能够实现，也许只能出现在莎士比亚那些理想化的剧作片段中。

其次，莎士比亚剧作的经典性还体现在他对历史的筛选梳理后展开的历史剧创作中。"莎士比亚的戏剧创作是以历史剧为开端的，也是以历史剧为终结的……莎士比亚对于从历史史料中寻找戏剧题材，有着特殊而浓厚的兴趣。"[1] 正是对英国历史上那些典型事件的筛选与不断改造，才使得莎士比亚历史剧与其同时代的历史剧有着显著的不同，那种通过历史事件与历史人物展开的历史想象成为莎士比亚特有的人物塑造模式与事件叙述模式。

第三，莎士比亚剧作的经典性也与其剧作书写的雅致古体语言关系密切，这也是其剧作时代性的重要体现。莎士比亚创作的剧本是用空白诗体写成，同时，这种语言也是由古英语向现代英语过渡的早期现代英语，具体而言就是，"语法规则上仍留有中古时期的用法，而在表述的内容上却充满时代气息。如哈姆雷特那段著名的独白：'生存，还是毁灭，这是个问题。'（《哈姆莱特》第三幕第一场：To be or not to be, that is the question.）这一行除最后一个词外，都是单音节，用词的安排上大有讲究。这里用that is，没有缩写成that's，表明语气持重；用the question，不用a question，表明这不是一般的问题，而是考虑已久的问题。全行五个步骤明显，表明沉思、迟疑和凝重。这不仅是语言的特征，也是主人公哈姆雷特的性格特征"[2]。

除此之外，在情节安排上，莎士比亚戏剧也具有时代性。由于他的剧作情节几乎都有一定的先行基础，如古代（古希腊、古罗马）戏剧、基督教《圣经》中的故事及中世纪欧洲的民间传说故事等。但是莎士比亚将这些旧有情节加以修整，融入新的现实性与时代感，将莎士比亚时代的思想观念、时代文化与民间故

1　王维昌：《莎士比亚研究》，合肥：安徽大学出版社，1999年，第39页。
2　吴辉：《影像莎士比亚——文学名著的电影改编》，北京：中国传媒大学出版社，2007年，第8页。

事进行有效的结合，如莎士比亚剧作中很多时候都体现着其所处文艺复兴时代的人文主义的思想观念。所以，可以说莎士比亚的戏剧是经典性与时代性并存的，现实情况是这种经典性已经超越了时代的局限，因为随着时代发展，莎士比亚戏剧不断传递那种对普遍人性与普遍情感的确证，特别是几百年间不同语言、不同文化的剧作都从莎士比亚戏剧中汲取营养，随着影视艺术的蓬勃发展，电影领域又不断出现对莎士比亚戏剧的电影改编，在这个意义上，莎士比亚戏剧具有强大的生命力。

二、莎士比亚戏剧的普遍性与生命力

对莎士比亚戏剧的普遍性与生命力可以从多个层面进行理解，客观来看，莎士比亚的戏剧已经不仅仅是属于西方的经典，而且是一种全世界范围内普遍的经典。当然，当前我们理解莎士比亚的普遍性与生命力并不是局限于他的固有作品，而是要考虑到不同时代、不同地域、不同民族以及不同文化对其剧作的发挥与改编。可以说，莎士比亚剧作已经在多个艺术领域产生了持久的影响，不同门类的艺术家对莎士比亚剧作的理解也是不同的，随着历史的演进，仅仅是对莎士比亚剧作的发挥与改造就已经形成了一个潜在的历史。特别是在当代，随着新的媒介的发展，关于莎士比亚剧作的电影改编在文学、音乐、绘画、舞蹈等艺术门类中脱颖而出，成为莎士比亚剧作最为与时俱进的一个重要文化领域。

莎士比亚经典剧作的电影改编，不仅在剧作的形式上进行了突破，思想上进行了当代阐释，而且着眼于电影面对当代观众的特殊现实，将经典剧作、大众传播及当代文化紧密地联系在了一起。此外，莎士比亚剧作的生命力还与庞大的文化市场及经济利益息息相关，随着好莱坞电影工业的不断升级，莎士比亚这一世界级文化偶像不断作为宣传噱头被投入世界文化市场，最直接的结果就是为相关商家带来了可观的经济利益。这与英美文化资本的运作关系密切。据统计，截至2016年年底，对莎士比亚剧作改编的电影至少有350部，其中英国和美国就占了250部以上。"1999年获多项奥斯卡金像奖的影片《莎翁情史》（*Shakespeare in Love*），以其通俗剧和浪漫喜剧的故事情节、华丽的巴洛克式画面、以及演员们出色的表演，再次掀起了世界范围的'莎士比亚热'。也像这部电影一样，在后现代的文化产品消费中，观众不仅消费着莎剧，也在消费着它的作者。那些莎剧

电影或其他艺术形式的改编作者们成功地置换了文学原著的作者，成为观众推崇、忠实的'新作者'。也正是这一代代的新作者们，不仅从影片的内容到形式提供了许多新的视点和景观，突出了莎剧本身或其他理论尚未揭示或曾经忽略的意义，同时也在更新、延续着莎士比亚的'神话'，从而成就了'永远的莎士比亚'。"[1]

第二节　莎士比亚戏剧在电影时代的得与失

莎士比亚戏剧得以广泛传播，很大程度上得益于其剧本的经典性，应该关注的是，莎士比亚时代的戏剧表演是十分重要的艺术呈现形式，据说莎士比亚本人也会参与一定的戏剧演出，所以在莎士比亚时代，作为戏剧重要组成部分的剧场是不容忽视的。剧场是演员与观众、剧本与演员、演员与导演等重要组合的核心聚集地，所以考察莎士比亚戏剧必须考虑剧场的地位、作用与意义。剧场是一个互动场域，演员的演出、音乐的演奏、观众的反应等都具有极大的不确定性，因此戏剧的剧场演出往往具有很大的难度，也具有极大的可观赏性。

但是在电影时代，剧场消失了，取而代之的是一块巨大的电影屏幕，观众与演员也不能像在剧场那样进行互动，观众面对的只是早已完成的电影影像作品与早已录制好的音频。因此，电影时代的莎士比亚戏剧以电影的形式呈现在观众面前时，观众彼此之间、观众与屏幕之间、屏幕上影像与观众视觉之间也能够建立起一种空间场域形式，在此可称之为"剧场性的再建构"。关于这个概念的探讨指向的往往是哲学式的沉思与体验式的反思，但是，当这一问题获得一种明晰的阐释之后，关于莎士比亚剧作的电影改编之得与失也会渐渐明晰起来。

一、剧场性的再建构：电影时代的莎士比亚戏剧

在莎士比亚时代，戏剧在社会生活中的影响力甚至比当前的电影影响力更大，当时戏剧相关的经济产业更是蓬勃发展，莎士比亚凭借戏剧创作就可在伦敦买下市区内第二大豪宅。与此同时，莎士比亚时代的戏剧也面临审查的问题，若

1　吴辉：《影像莎士比亚——文学名著的电影改编》，北京：中国传媒大学出版社，2007年，第3页。

剧中有一些鼓动叛乱、贬低政府或女王的情节，将不被允许演出，相关人员还会受到惩罚。当然，这些都是着眼于莎士比亚戏剧演出的剧场性特点，也就是说，在当时戏剧是直接面对面地呈献给观众，因此对剧作本身及其演出的剧场有着严格的要求与明确的规范。相对于莎士比亚时代戏剧演出的现场感与临场性，在电影时代，人们坐在电影院这个封闭的环境中，面对的是一个电影屏幕，并没有真正的舞台及真正的演员，所有的电影声音也都是事先录好的。由此，我们发现莎士比亚时代的戏剧演出与电影时代的影像呈现有着太多的差异，而诸多的差异都指向了戏剧剧场性的分析，在电影时代，这种戏剧的剧场性不得不人为地进行创造，甚至需要观众利用感官进行一系列的联想与想象。

在电影时代，媒介与影像的关系极为密切，不论是媒介变革、观众的身体作为媒介，还是媒介的交互性，影像意义的生成都需要在一定的场域下进行，也就是说，影像的媒介需要依赖一个场域来实现影像的呈现。论及"场域"，不得不提法国社会理论家皮埃尔·布尔迪厄（Pierre Bourdieu），正是他将"场"的观念在社会科学领域发扬光大，具体来说，布尔迪厄提出了"场"[1]这个社会学概念。他认为，对现实问题的思考，要从"场"的角度展开，从某种意义上说，"场"和"关系"具有角度的趋同性，但是，"场"的复杂程度也是显而易见的，"一个场就是一个缺乏发明者的游戏，它比任何人们能设计出来的游戏都更具流动性和更为复杂"[2]。与此同时，场兼顾了有形实体的空间性与无形的特殊空间。具体来看，一方面布尔迪厄认为，"从场的角度思考，就意味着要对有关社会世界的整个日常见解进行转换，这种见解总是只注意有形的事物"[3]；另一方面，布尔迪厄认为，场没有组成部分，而且，场没有明显的边界，它是一个特殊的空间存在，是晃动的、不直观的、开阔的，一切均由其内部的权利组合，关系密切。此外，布尔迪厄认为，"能够在场的一个特定的状态下被观察到的连贯性，以及明显地朝向一个共同功能的方向性（以法国著名大学为例子，可以观察

1　详见赵毅衡：《符号学：原理与推演》，南京：南京大学出版社，2011年，第46页。

2　[法]皮埃尔·布尔迪厄：《文化资本与社会炼金术：布尔迪厄访谈录》，包亚明译，上海：上海人民出版社，1997年，第150页。

3　[法]皮埃尔·布尔迪厄：《文化资本与社会炼金术：布尔迪厄访谈录》，包亚明译，上海：上海人民出版社，1997年，第141页。

到对权力场的结构的再生产），是由冲突和竞争产生的，而不是由结构的某种内在的自我发展引发的"[1]。布尔迪厄又说，"当统治者设法粉碎和取消被统治者的抵制和反应时，当所有的举措无一例外都是从上而下时，统治的效果是如此之大，以至使得构成场的斗争及其辩证法不复存在"，"尤其是那些意在夺取国家政权的斗争"。对"剧场性"的理解确需建立在对布尔迪厄"场"的观念之上，但是又需有所超越。[2] 我们在此关注的是莎士比亚戏剧在莎士比亚时代的地位与意义、莎士比亚戏剧在电影时代的命运以及莎士比亚剧作影像在电子媒介时代新的功能等问题。

具体来看，戏剧的剧场性观念至少包含以下几层含义：其一，剧场是影像意义生成及影像叙述的场所。其二，剧场可以是具体有形的空间，如现实舞台。其三，剧场可以是虚拟的空间，如虚拟电子空间。其四，剧场可以是抽象的社会空间，如电影圈。其五，剧场包含一定范围内复杂的文化生态。其六，剧场与观众构成了一个互动空间。

通过以上几个层面的简要分析，可见电影院是最为典型的现代剧场，因为电影院是现实空间与虚拟空间最终的结合地，也是电影相关文化圈子与审查机制的体现区，因此，对莎士比亚剧作的影视改编考察需要以电影院为中心展开研究。具体来看，电影院作为影像叙事的特殊场域，对影像叙事产生了方方面面的影响。所以，我们首先要考察现实戏剧舞台对戏剧呈现的特殊意义，然后再探讨电影院如何充当戏剧舞台发挥作用。剧场性对影像叙事有着深刻的影响，甚至对莎士比亚剧作的地位与作用重新进行了界定，从戏剧时代开始，多个力量就共同参与影像的叙事活动，例如政治的、经济的、种族的。所以影像在剧场性场域中的呈现带有更多的建构性与生成性。

德国媒介理论家汉斯·贝尔廷（Hans Belting）认为，曾经那些独立且封闭的地点（剧场）有的已经被破坏，有的更是由于无法与其他地点产生区别而被同化，除非地点保持一种隐喻性存在，才能继续保持其相对的独特与完整，也就是说，地点的完整"存活"很大程度上是通过与其现状并不吻合的影像才得以实

---

1 [法]皮埃尔·布尔迪厄：《文化资本与社会炼金术：布尔迪厄访谈录》，包亚明译，上海：上海人民出版社，1997年，第149页。

2 [法]皮埃尔·布尔迪厄：《文化资本与社会炼金术：布尔迪厄访谈录》，包亚明译，上海：上海人民出版社，1997年，第145-148页。

现。其实，现实中的地点往往并非彻底消失，而是以一些新的形式存在着，地点会留下层次丰富的且可以反复书写的历史，旧有的与新生的事物交织在一起，与此相类似的是地域文化，我们可以明显感觉到，当前在一些文化传统的所在地已经不再能够感受到原汁原味的当地文化传统了。贝尔廷对此的概括极为形象，他认为在以前的理解中，地点就是"记忆的地点"（places of memory），而在今天，地点更像是在记忆之中的地点（place in memory）。

由此引出影像的问题。影像同样也正在失去它们的地点，这个地点是我们期待着要去拜访其所在的那个地点，他们失去了其外在形式而得以栖身的地点。当前，影像常常展现给我们的是其表征（representations）形式，影像储存在机器里，几乎与其原始物理媒介失去了所有的联系。对此，贝尔廷强调："我们从机器中拯救影像，回想起影像，在新的媒介中呈现影像，就像我们谈论的地点与世界上许多事物一样，他们都借用了新的表征形式。正如本雅明曾认为的那样，技术的可复制性区别于博物馆的呈现方式，而这只是表征进程中的第一阶段。技术手段实现的影像，已经改变了艺术品与想象之间的关系，突出了想象的重要性，这使观者的内在影像得以顺畅传输，至少于其知觉层面是如此。与此同时，知觉也已发生了变化，这种变化不仅是通常意义上的，同时也是指影像被体验的具体形式。"[1]

所以，"媒介的全球化已经形成了对于地点观念的变革，正如约书亚·梅罗维茨（Joshua Meyrowitz）曾描述的那样，地点的观念正脱离其旧有的物理意义上的位置意义"[2]。当前，信息与体验都可以轻易地在时空中进行传递，可以说我们生活在一个信息的世界，在这个信息世界甚至找不到具体的地点（剧场），但是我们可能也没法完全认同梅罗维茨的观点，他认为我们在电影上看到的那个地方已经不再是一个地方了。其实，观者往往具有足够的关于地点（剧场）的经验，可以将这些经验转移到影像上，使这些地方成为一个新的"地点"，观者就像做报道的记者正在事件现场。此外，我们关于地点的体验慢慢地与我们从影像上获得的有关地点的知识相互混杂在一起，我们不再亲自前往那些地点，而是那

1　Hans Belting: *An Anthropology of Images: Picture, Medium, Body*. Thomas Dunlap, trans. Princeton: Princeton University Press, 2011, p. 41.
2　Hans Belting: *An Anthropology of Images: Picture, Medium, Body*. Thomas Dunlap, trans. Princeton: Princeton University Press, 2011, pp. 41-42.

些地点以影像的方式向我们走来。

不在场的地点以影像的形式在场，这是一种古已有之的人类学式的体验。在当前，影像与实际地点（剧场）之间的关系正在被重新建构，随着实际地点（剧场）逐渐成为一种想象性存在，影像作为其表征对我们身体体验的参与的数量逐渐增多，程度逐渐加深。

实际情况是，剧场性并没有穷尽，也不可能穷尽影像的实际呈现与叙事，但是作为特定的叙事场域，剧场或电影院强化了影像的某些意义与功能。值得重视的是在非剧场领域依然有着多种形式的影像呈现，特别是在当前，可谓图像与影像处于多场域并存的状态。所以，很多时候非剧场的影像呈现往往能够表达影像的多种意义。在多场域的影像呈现中，影像的功能分析仍是其意义分析的重要前提，影像的双重属性分析及人的身体在影像意义生成过程中的重要性仍不可忽视，并且是理解多场域影像叙事的重要方法。所以，以多重场域与影像叙事的关系分析为中心，我们能够更好地理解莎士比亚戏剧在电影时代的改编是如何被观众所接受的。

如果说电影时代之前的现实剧场为戏剧与观众建立起直观的、真实的剧场性，那么在电影时代，影像的叙述依赖的就是剧场性的再建构，这离不开现代科技的进步，也离不开电影观众的自我"警告"与主动"催眠"。所以，莎士比亚戏剧改编的电影从本质上是一种艺术形式与时俱进的必然趋势，是剧场戏剧向影视转化的基本形式，莎士比亚戏剧的电影改编与所有戏剧的电影改编一样，归根结底还是呈现媒介的改变。

二、改编的得与失：莎士比亚戏剧的电影呈现分析

理论界对戏剧改编问题的论争一直也没有停止，形成了一些针对改编问题的代表性观点。巴赞属于"忠实原著派"，认为改编后的剧作或电影一定要忠实于原著的思想精神，若脱离原著进行肆意改编将是对原著的一种破坏甚至敌意。罗伯特·斯坦（Robert Stam）属于"互文派"，认为改编其实是作为一种互文性对话方式系统，"每一个文本都构成文本表面上的一个交叉点而存在于一个系统之中。任何文本都建立在对其他文本的或精确表达、或模糊变形、或有意无意地引用、或和谐地融入、或彻底颠覆的基础上，所有的文本都在一个相关、交错的系

统内运行"[1]。吉拉尔·热奈特（Gérard Genette）也是从互文性的角度出发思考改编的问题，并从互文性、副文本性、元文本性、承文本及广义文本五个具体层面探讨了改编的实践问题。

对莎士比亚剧作进行的电影改编在不同时代具有不同的特点，可以说在各个时期的各个流派中各有千秋，总体可以归纳为影像中的多元解读、影像中对传统的解构以及在影像中进行创造性重构，并且需要注意的是，任何对莎士比亚剧作进行的电影改编都与影片拍摄时代的政治、经济、文化、审美甚至科学等息息相关。不可否认的是，莎士比亚戏剧也有很多对前人戏剧的改编，甚至汲取前代经典作品中的精华进行再创作。"综观千姿百态、风格迥异的莎士比亚电影，从历史上看，它们经历了以下三个时期所要面对和解决的三个问题：首先，是艺术与艺术之间媒介转换的关系，如奥利弗和威尔斯的改编，重点是如何把舞台化的莎剧改编为电影化的莎剧，这不仅是艺术的拓展，也是观念的更新；其次，是艺术与政治或称意识形态之间的关系，如柯静采夫的改编，从思想立意到美学主张完全是前苏联意识形态和美学观的折射与投影；最后，是艺术与商业之间的关系，如布莱纳的改编，二者不再像过去那样处于一种二元对立的矛盾状态，而是彼此相辅相成，缺一不可。"[2]

其实，改编在某种意义上其实是一种再创作，无论是忠实于原作的改编还是创新性改编，都已经是对原作的再创作，甚至可以说改编后的作品已经是一个独立的新的作品。因此，与其探讨改编后电影在多大程度上忠实或背离了原作，不如将视线聚焦于剧作呈现的媒介发展上，从戏剧剧场到默剧电影，从黑白无声电影到彩色立体声电影，从平面二维的极致展现到3D影像空间的拓展，莎士比亚戏剧的再现与改编与媒介变革的潮流息息相关。"正因如此，电影改编，借助大众媒介的传播使越来越多的人们认识了莎士比亚，使一直视莎剧为高雅艺术、精英文化的典型代表这种观念发生了变化。事实上，如果重新考察一下莎翁时代的剧场、演出和观众就不难发现：莎士比亚的创作，代表并体现了一种真正意义上

1　吴辉：《影像莎士比亚——文学名著的电影改编》，北京：中国传媒大学出版社，2007年，第125页。
2　吴辉：《影像莎士比亚——文学名著的电影改编》，北京：中国传媒大学出版社，2007年，第124-125页。

的、大众化的、雅俗共赏的艺术。"[1] 因此，对莎士比亚剧作在电影时代的改编
要从多个层面去分析与理解。

改编总是对原著的一种变化，这种变化必定具有双重特性，在当前我们需要
以一种辩证的态度对待剧作的改编问题。莎士比亚剧作的影视改编具有重要的意
义，具体而言，有以下几点。

首先，莎士比亚剧作的生命力就是随着时代不断以新的形式呈现在观众面前
的。在莎士比亚时代，戏剧占据人们日常文化生活的重要地位，可以说戏剧不仅
仅是一种生活娱乐的方式，也是诸多政治观念传输的重要渠道。如果在莎士比亚
时代之后仍以原汁原味的戏剧呈现这部作品的话，很难融入后世的政治文化与市
民生活。因此，对经典巨作的改编获得了与时俱进的生命力与艺术市场。

其次，改编后的作品因获得了经典巨作的精华与内核，所以从情节发展到主
旨传递，以及在艺术呈现的张力等方面往往更具有艺术性。这也就是说，依托经
典剧作的神韵与架构，改编后的影视剧作往往更精彩，也能成为一种二度创作后
的次生经典。

第三，经过改编，原著剧作具有了更多的艺术表现形式，正如前文所言，莎
士比亚戏剧《暴风雨》经过影视改编以科幻电影这一新的表现形式得以呈现，
《哈姆莱特》更是创新地与动画电影进行了结合，随着媒介技术的进步，这种表
现形式的多样化也是莎士比亚戏剧生命力的有力保障。

最后，从艺术的功能来看，对经典的改编往往就是与一定时代的政治、经
济、文化等的对接，所以，在保证剧作内核的经典性基础之上，改编后的影视剧
作更能反映不同时代的社会风貌与文化观念。

与此同时，对于经典剧作的影视化改编也不可避免地面临诸多问题，这不仅
仅体现在莎士比亚剧作的改编问题上，而是几乎所有的改编作品都会面临这样的
情况，以下具体言之。

首先，改编必定面临对原著的曲解与误解，由此导致改编后的影视剧作与改
编前的剧作在思想内容与表现形式上往往有巨大不同甚至彻底颠覆。

其次，改编的过度商业化往往会导致过度庸俗化。在当前，剧作改编很大程

---

1 吴辉：《影像莎士比亚——文学名著的电影改编》，北京：中国传媒大学出版
社，2007年，第126页。

度上都与影视市场息息相关，很多剧作改编以市场为中心，结果导致剧作质量下降，虽是基于经典，但是已完全被诸多迎合市场的元素所变形，更有甚者将严肃的剧情改编得庸俗不堪。

第三，观众参照经典往往会否认二次创作的贡献。面对经典剧作的影视改编时，观众往往会潜在地用经典剧作来进行对照，认为这种改编并不具有创新性，就算具有创新性也是对原作的曲解与不忠。因此，观众往往不会轻易承认剧作改编所产生的新的积极效果与新的贡献。

最后，对经典剧作的大量改编不利于整体的艺术创新，直接表现就是往往出现情节雷同的情况。此外，还需要特别注意电影艺术的特殊性及其与舞台艺术的区别。舞台戏剧更依赖于现场感与剧场性，电影艺术则更需要借助媒介技术的发展，所以对经典剧作的影视改编实质上是由一种艺术形式到另一种艺术形式的转换。

第三节　影像的文学性回归与莎士比亚戏剧的未来

莎士比亚于1616年4月23日去世，恰好4月23日也是他的诞辰日，可以说莎士比亚作为英国文艺复兴时期的天才戏剧家，其戏剧创作与其传奇的一生共同成为人类历史上最重要的文化坐标之一。据统计，"在他逝去后的近400年间，世界几乎每天都在上演他的剧作。即使在短短的100多年里，平均每年还有3部以上根据莎剧改编的影视作品上映"[1]。

文学作品的文学性也是如此，莎士比亚剧作能够以多种形式得以传播，很大程度上就是因为莎剧作为文学艺术所具有的文学性。在影像时代，莎士比亚戏剧的文学性正面临多重挑战，但是，文学性是不可忽略的重要属性，在未来，无论莎士比亚剧作如何进行改编，都要以文学性去衡量这些原作与改编作品的价值与意义。特别是在当前，虚拟空间与虚拟现实的相关技术日趋成熟，特效与多样影像不断丰富，对莎士比亚剧作的改编一定也会有沿着技术呈现的路径进行的，但是只要将文学性的分析角度深入人心，就会在纷繁复杂的影像化世界获取更多的

1　吴辉：《影像莎士比亚——文学名著的电影改编》，北京：中国传媒大学出版社，2007年，第1页。

人生真谛与文学情怀。

一、影像时代莎士比亚戏剧的文学性

所谓"影像时代"的来临，其实是近些年来文化领域将影像作为比较重要的研究对象，将影像与文化的关系作为研究时代文化的关键视角。要知道，在现实社会生活领域，从古至今，影像文化的广泛与力量从来都是文化史不可忽视的资源，即使是公元8至9世纪西方的"破坏圣像（影像）运动"，其实也是对影像重视的反证。我们将"影像时代"的莎士比亚戏剧作为一个值得研究的论题，是由于近些年随着技术革新促使媒介形式的多样化，影像传播的速度增快，频率增加，影像已经对文学的生产、传播、接受与批评产生至关重要的影响甚至挑战。一定程度上看来，影像的大量生产与广泛传播对文学（剧作）文本的确有一定的冲击，但是影像并未霸权性地统治文学的文学性。因此，影像分析需要在变化着的文化环境下不断进行建构，在"影像时代"，对莎士比亚戏剧的文学批评的着力点应是对影像进行文学性分析，将影像的文学性与文学的影像性进行有效的理论整合。

（一）作为"霸权"：影像对文学（剧作）文本的挑战

不可否认的是，影像在一定程度上对文学（剧作）文本构成了挑战，对文学语言造成了挤压。当我们感觉影像以空前的态势席卷个人生活与社会生活的时候，其实在很大程度上是由于随着技术的进步，影像的媒介得到空前发展，特别是移动互联网的普及化，使得影像的生产、传播与接受受到了极大的时空压缩。当我们谈及影像的丰富杂多之时，其实是由潜在地以电子媒介迅速发展而引起的新的影像观的建立，同时也是学术界与文化领域对影像问题的重视与广泛讨论所引起。从这个意义上来理解影像对文学（剧作）文本的挑战，就可见影像并非以与文学文本完全对立的姿态而存在，不仅如此，甚至可以说影像对文学文本的冲击，其实是影像对文学文本的文学性的一种再现，只是在影院、移动互联网等新的观看方式中，人们对影像的兴趣往往大于直接的文本阅读。这些问题其实都影响着文学与影像的相对关系，文学本身与影像本身在彼此互动的复杂关系中又都进行着不断的变革。

　　首先，在文学文本实践中，影像活动大量增多，往往不同于之前文学文本插图的点缀性与装饰性，而是越来越多的文学文本影像直接参与着或取代了文本情节与文本叙事。在很长一段时间，文学书籍往往会在章节衔接处画上花草或是简单人物的简像，这种插画是以装饰性为主的，但是，后来文学书籍中的插图开始对故事情节的瞬间进行描画，同时插图的数量也在不断增加，就像影像放映一样参与实践。可见，在这个过程中，影像开始逐渐参与文本的叙述。同时需要看到，人们的阅读习惯对影像的依赖性越来越大，对文字特别是纸质书籍文字的关注越来越少，文学文本在这样的环境下的处境的确比较尴尬。影像与文字的这种对立新趋势不仅仅是文化出版理念的一种变革，更是所谓"影像时代"文学图书新的卖点所在，这在一定程度上对文学（剧作）文本形成了挑战。所以，莎士比亚剧作的影像改编是文学呈现形式的重要变革。

　　其次，影像叙事往往会扩大读者范围，成为通俗文化与大众文化传播的重要途径，其中文学文本的影视化最为典型。影像叙事的优势是直观，特别是在特殊的文化环境下，识字不多的人也可以借助影像来理解文本的主要意思。影像作为传播知识与观念的媒介由来已久，很大程度上影像也是纸质媒介为主的传播时代的主力。但在当代，对于文学（剧作）文本来说，影像对文学的压力很大程度上是源于文学文本的影视化，也就是对文学文本的影视改造与转化。这种影视化"入侵"深刻影响了文学活动的各个领域与各个环节。从文学生产的角度来看，影视化使得很多作家变成了编剧，以文学性为根本所进行的文学创作变为以影视市场为基准的定制书写，这构成了文学文本的他控性，文学书写被影像叙述的潜在要求所影响。从文学传播来看，影视化使得影像叙述发生在电影院中或是电视屏幕上，这使得人们以往对文学作品的文字形态的关注变为对影像的关注。从文学接受角度来看，对图像的接受往往具有视觉直观性，刺激的画面、美丽的风景、紧张的情节使得叙述具有一定的确定性，这与文学文本具有丰富的想象空间形成鲜明的对比。例如文学文本中因人而异的哈姆莱特形象在影视剧的直观画面中，就成了一个确定的由某位演员扮演的人物形象。

　　第三，文学文本的视觉影像化削弱了文学文本的神圣性。文学文本的神圣性与作家书写神圣性的丧失是相关的，当作家从文学性驱使下的文本创作者变为影视市场驱使下的订单承接者的时候，他的神圣性就已被商业性取代，利益最优的

原则使得作家的写作被各种资本力量所干预，被视觉性的图像呈现要求所局限，那些无法被影像呈现的情节往往被搁置。所以，文学文本的视觉图像化转化在一定程度上使文学的超越性变成了应时性与实用性。

最后，影像对文学文本的挑战，归根结底是媒介的挤压。文学文本以文字为基础，构造丰富的意象与想象空间，往往会形成一定的意境，影像也具有叙述功能，也可以形成意象与意境，这是文学文本与影像比较一致的地方。但是，对影像意境的把握虽然更为直接，但是深化的可能极为有限，相对于少数影像丰富的内涵与意蕴，往往多数影像仅仅停留于图像本身的直观呈现。同时，图像传播的便捷性与影视化的快速，其实都是源于影像的新媒介的力量，也就是源于影像传播媒介的更新与进步。所以，如果说影像对文学文本构成挑战，在根源上其实是影像媒介优势造成的。

（二）何为文学："影像转向"论之后的文学本体论

在影像泛化的实际情况下，在影像的媒介随着技术进步而日渐更新的现实中，在当代文化研究领域，特别是哲学史研究领域，转向论研究方法与模式已经基本得到共识，于是，"影像转向"论的影响也日益扩大。一般认为"影像转向"的学理性论述源于米歇尔的图像理论，"影像时代"的来临也意味着"语言学转向"的结束，以及"图像转向"的开启。

一方面，"影像转向"论本身并不针对文学。影像转向所指的影像意义极为广泛，甚至包含构成非语言符号系统之基础的惯例与符码。米歇尔有关图像转向的论述也是主要从艺术史的角度展开，米歇尔突出了图像转向后艺术史在人文学科的中心地位，同时他对西方艺术史与电影研究进行了深刻的分析。米歇尔认为，图像的转向更应该是对图像的一种后语言学的、后符号学的再发现，把图像当作视觉性、机器、体制、话语、身体和隐喻性之间的一种复杂的相互作用。所以，尽管影像表征问题一直存在，但是它对文化层面的影响达到了空前的程度，这与全球化的视觉文化密切相关。当米歇尔将图像考察上升到社会生活甚至全球性视觉文化问题的时候，他并不针对文学，所以影像转向对文学的压迫在实际的文学领域并没有我们曾认为的那样严重。

另一方面，图像转向后，影像也无法取代文学的文学性。影像的泛化是事实，但是无论是文学文本中影像的增加，还是文学文本的影视剧转化，究其实际还是没有彻底放弃文学性。所谓文学性，一般是指使一部既定作品成为文学作品的特性，是文学作品特有的、区别于其他任何作品的特征。其实文学性在很大程度上就是语言性，是诗的语言以其结构的可感知性而区别于（日常的）散文体语言。所以，在这个意义上，影像无法很容易就获得文学语言的这种诗性品格，同时文学语言的诗性呈现不断增加着文学文本的意义阐释空间，而影像却很难获得这样的诗性空间。

所以，图像转向观念下的影像实际与文学并不构成必然的此消彼长的关系，同时，影像呈现与文学的文学性仍有着一定的距离，影像在数量上的优势并不能转化为对文学的文学性的剥夺。

（三）如何把握："影像时代"莎士比亚戏剧的文学性

面对以媒介技术革新为基础的影像制造、影像传播与影像接收的高速化与频繁化，面对学术领域对"图像转向"的理论性探讨，面对影像对文学（剧作）文本造成一定压制的事实，需要将影像及影像现实纳入当前文学性的理论建构。这需要明确文学性作为文学文本的根本属性，与此同时，一方面要挖掘影像具有的文学性，将影像作为文学研究的对象之一；另一方面要提炼文学具有的影像性，将文学研究与影像现实相连接，最终实现文学的影像性与影像的文学性之辩证统一关系的理论化。这是文学批评顺应时代而建构的必然要求，也是影像现实与文学研究形成对话的重要契合点，更是当前电影批评新的着力点。

首先，要明确作为文学根本属性的文学性。正如前文所言，文学区别于其他艺术样式的根本属性就在于文学具有文学性，文学性最集中地体现在文学文本语言的诗性营造上。具体来看，文学语言是文学运用语言的一种特殊方式，能够以生动或新奇的方式传达一种经验。正如什克洛夫斯基认为的那样，各种文学手法故意使语言的表面粗糙起来，这样就能博得读者的注意，使一些自动的或习以为常的感知"陌生化"。所以，我们应视文学语言为较具包容性的、较具综合性的语言，具有传达完整的经验的能力。这是文学性的魅力与力量所在。与此同时，也正是由于文学性的这种魅力与力量，文学常被视为感性和完美思想的储藏器，用以抵制大众文化和工业社会的压力。

其次，要挖掘影像具有的文学性。影像（图像）与文学并非彼此隔绝彼此对立，如在很大程度上，图像与文学的关系是中外文化史中重要的论题，中国古代"诗中有画，画中有诗"的理论就充分说明了两者的互动关系。具体从影像与文学性的关系角度来看，一方面，影像在进行叙述时具有语言功能。影像在进行叙述时，往往也采用比拟、夸张、隐喻等手法，抒发影像制作者的思想与情感等，并赋予抽象的文学思想以具体的艺术形象，构成具有语言功能的影像叙述。另一方面，影像叙述实际体现的是空间的时间化。影像进行的意境营造，正是其文学性最为直观的体现，因为当影像通过从像到意的传达而构成意境时，空间的叙述往往具备了时间化的特征，而时间性正是文学性的要素，影像叙述体现的空间的时间化成为挖掘影像文学性的重要角度。所以，可以从影像中对文学性进行挖掘，这既符合影像叙述的规律，也符合文学性的基本要求。

再次，要提炼文学具有的影像性。第一，文学文本具有隐形影像与内在影像。不难发现，文学文本，特别是优秀的文学文本，语言修辞往往都具有视觉运动性，这种语言的视觉性不仅包括直接的影像式阅读引导，而且还包括视觉性叠字、叠词等运用的准确与生动。特别是很多优秀的作家，其修辞极具个性，显现出一种视觉张力，使文本具有影像般的直观体验与视觉冲击。第二，情节叙述的在场性具有影像在场的直观体验。以小说为例，情节是小说可读性的重要保障，一部小说是否成功往往由情节决定，小说作品中情节的重要特征就是具有一种体验性，或者可称为"在场性"。这里所指的"在场性"类似于戏剧的"剧场性"，是指观者对情节的直观观看或模仿式参与体验。当我们解读或理解了对一个场所的描述的时候，心理影像就会与我们所获得的印象变得一致，这时，我们就会感觉几乎像是在现场那样，看到了这一场所。心理再现几乎是以幻觉的方式出现的，它似乎从幻觉那里借用了特征。心理影像有别于心理图示，因为后者汇聚了足够的和必要的视觉特征来辨认某种图案、某种视觉形式。第三，通过语言及情节的视觉性表达，浸润于文学文本中的情感具有一种流动的音乐性特征，言情语词的咏叹、抒情节奏的多变、动情场域的回环，使文学文本展现的音乐听觉效应与文本内涵的情感紧密相连，进而构成读者特殊的视觉性阅读体验。

最后，文学的影像性与影像的文学性之辩证统一关系的理论化，应是当前电影批评新的着力点。一方面，这依赖于经典文学批评理论的当代化，也就是在当代如何继承与运用经典文学批评理论的问题；另一方面，这依赖于将文学研究的范围进行必要的扩展，将文学性的适用范围加以扩大，去探索文学文本之外的新的媒介形式所蕴含的文学性因素。这种电影批评新的着力点不仅将文学研究的古今建立起具体的联系，而且在当代纷繁的文化实践中有效地巩固了文学的合法性地位。

当我们面对"影像时代"的文学与电影批评时，对文学的当代命运要保持乐观的态度。尽管影像研究在当代的学术研究与文化现实中占据一定的优势，尽管影像对文学的介入达到了空前的程度，但是，只要我们坚守文学性作为文学的根本属性，只要我们有效地建构起以文学性为核心的当代电影批评理论，我们就会在"影像时代"看到文学新的意义与新的风景，我们在面对莎士比亚剧作的电影改编问题时就不会再彷徨无措。

二、莎士比亚戏剧及其电影改编的未来

歌德曾经有一句评说莎士比亚的名言："说不尽的莎士比亚。"确实如此，无论是莎士比亚的剧作，还是其剧作改编的电影都是说不尽的。莎士比亚的戏剧在近四百年的岁月里一直没有停止演出，从英语到世界上的多种语言，从经典剧作的再现到对具体剧作的改编，莎士比亚的剧作当之无愧地成为世界戏剧艺术的瑰宝。

在电影时代，莎士比亚剧作焕发了新的生命力，从现有资料来看，将莎士比亚剧作改编为电影的做法可以追溯到1900年，当时的电影是无声的。随着科技的进步与电影呈现方式的不断进步，对莎士比亚剧作的电影改编也不断地走向成熟，影响也越来越大。"如果按国别统计，具有代表性的主要是英国、美国、意大利、前苏联、波兰和日本制作的莎士比亚电影，它们既有数量又有质量；如果按导演总结，从40、50年代的奥利弗和威尔斯，60年代的杰夫瑞利和柯静采夫，70、80年代的波兰斯基和黑泽明，90年代与新千年后的格林那威、卢汉姆和布莱纳等人创作的'影像莎士比亚'的成就最高、影响最大。"[1]

不夸张地讲，对莎士比亚戏剧的影视化改编史甚至与电影发展史的时间跨

---

[1] 吴辉：《影像莎士比亚——文学名著的电影改编》，北京：中国传媒大学出版社，2007年，第170页。

度相当,各国对莎士比亚戏剧的传播与再创作一直没有停止过。英国广播公司(BBC)甚至将莎士比亚所有的戏剧都改编成了电视剧,其DVD及相关商品销量极好。但是有观点认为:"从总体上看,上个世纪(20世纪)初曾经火爆一时的莎士比亚默片电影,到了40年代、50年代和60年代曾经出现过的几位大师级导演以及他们蜚声影坛的改编作品,所有的这些辉煌已成为了过去。1971年,波兰斯基拍摄的影片《麦克白》,票房上座率直线下降。黑泽明也再没有改编莎剧。这一切似乎意味着莎士比亚电影进入了冬眠状态。"[1]诚然,莎士比亚剧作的影视改编也会经历寒冬,但是冬眠状态总是会有所改变。随着影视技术的进步和商业模式的推进,随着文化工业的电影生产的专业化,莎士比亚戏剧的影视化改编也会迎来新的机遇与辉煌。1989年,英国导演肯尼斯·布莱纳(Kenneth Branagh)根据莎士比亚剧作《亨利五世》改编并摄制了影片《亨利五世》,影片放映后引起了轰动并获得了广泛的好评。因此,一般认为,"布莱纳的《亨利五世》是一个转折点、是一座里程碑,它标志着莎士比亚电影的再次崛起"[2]。

那么,莎士比亚戏剧及其电影改编的未来又会是怎样呢?这可以从网络世界的虚拟影像问题展开讨论,这是德国媒介理论家贝尔廷在《图像人类学》一书之后进行的新的思考。贝尔廷于2014年出版了《面庞》(Faces)一书。其实,贝尔廷在《面庞》中探讨的问题可以看作对《艺术人类学》中讨论问题的延续。贝尔廷试图将虚拟世界的影像问题以理论的形态加以梳理,特别是电子媒介与电子设备所呈现的那些并无显示实体的影像形式,是影像的一种面向自身的存在。贝尔廷将虚拟影像的问题集中于对虚拟面孔的考察,认为这种虚拟面孔类似于人类文化史中的面具,贝尔廷不仅对虚拟面孔与图腾、自我认知及人种演化等问题进行综合考察,而且还进一步引申出当代新的媒介形式中对虚拟面孔呈现的具体问题。贝尔廷认为,需要对当代艺术领域虚拟影像的呈现加以理论性关注,这不仅有利于对当代具体的艺术作品的分析与评价,也有利于在新的环境下对电影艺术等视觉艺术进行反思。

贝尔廷并未急于对网络文化背景下的电子媒介影像给出确定性结论,而是以

---

1 吴辉:《影像莎士比亚——文学名著的电影改编》,北京:中国传媒大学出版社,2007年,第111页。

2 吴辉:《影像莎士比亚——文学名著的电影改编》,北京:中国传媒大学出版社,2007年,第111页。

面孔作为影像的文化史为研究对象，考察媒体文化变革的一般情况。贝尔廷认为，随着媒介的发展变化，我们对面庞的关注与讨论似乎变得毫无意义，特别是在网络空间（Cyberspace），面庞已经趋近幻影。但是，面庞问题对于影像问题的重要性不言而喻，对面庞问题的考察证明了影像世界中的媒介史在我们观看影像的目光中占据多么中心的地位。按贝尔廷的逻辑，网络面庞（Cyberfaces）在当前的文化语境中，已经不再是面庞，而是一种数字化的面具，数字化面具的产生与发展，标志着现代媒介的面庞生产已经达到了一个敏感的转折点。

数字技术引起的媒介呈现影像方式的转折的直接后果是人工制品与自然物之间的差异缩小了，因为依靠程序编程我们可以制造虚拟的真实，而虚拟的真实也会有一个存在的世界，那就是虚拟空间。在虚拟真实的空间，那些真正的自然物是以一种引言的形式被录入的，这很类似于曼弗瑞德·法斯勒（Manfred Faßler）所主张的"无镜生活"的体验比喻。具体言之，我们不再与我们固有的面庞进行交流，不再与从镜中所认识、所寻找的那个面庞进行交流，镜为我们提供了一种一直存在着的状态，为我们提供了一种自我认知与自我确证的可信途径。但是，镜的功能在当前电子媒介空前繁荣的情况下已经有所增加，增加的功能不再与照镜相关，而是指向一种面庞不再确定的临场感状态。在数字技术的支撑下，我们进入了另一个世界，这是一个对自然世界再现形式进行超越的世界，在此，我们不再那么依赖对自然世界再现。例如那些"后摄影"（Post-Fotografie）艺术家，利用数字技术进行创作，而不是身临其境去实地拍摄。这种依靠不受制约的数字技术所产生的影像，正在"邀请"我们去关注一种文化，而这些影像本身正向我们揭示着这种文化的真相，即属于纯粹表征性而非物质实体的文化。

数字时代以来，关于面庞的观念发生了巨大改变，因为虚拟面庞得以迅速生产，有的是原创性创造，有的则是利用多个已有的面庞进行拼接组合。数字化作用下虚拟真实的影像与再现性影像有实质性的区别，虚拟真实的影像摆脱了再现性影像的束缚，进入了一个永久当下的状态；而模仿性的影像则永远承载着已逝时光的印记，例如逝者的影像所呈现的死亡的痕迹。通过数字技术，我们制作的面庞影像与现实物质世界的面庞没有任何的对应，所以，现实世界中非生即死的面庞影像概括方式将不再适用于虚拟面庞影像，虚拟面庞影像也极大地挑战了以时间线索为中心的关于呈现在场的印记，因为它不属于过往也不属于将来，它不属于任何人，它只是它自己的面庞。所以，在这个意义上影像指向了其自身，展开的是一个想象的世界。在过去，当面庞与人工制品相结合的时候，面具是其必然结果，但是，当前数字化创作的面庞成了面庞本身，它所唤起的已不是面具那样单一性为主的意象，恰恰相反，它所唤起的将是任意多的面庞意象。这使得当前的面具观念从根本上进行了一次革命，因为面具可能不再代表任何事物与任何人。

虚拟影像的数字面庞应从以下几个层面来理解：其一，它已经与再现性影像分道扬镳，甚至刻意区别于再现性影像；其二，正是其对真实影像的排斥，使其自身孤立起来，因为它将不再有历史；其三，电子面庞（Cyberfaces）已将对抗性扩展至整个肖像史的领域；其四，电子面庞自我建构起一种无限可能的中间性面庞（Interfaces），因为虚拟影像构成了一个对外封闭的循环，客观真实世界很难对其进行干涉；其五，虚拟影像的应用领域正在逐渐展开，特别是在当前的科幻领域，影像以合成的方式进行创作已不是什么新闻，这种影像不再依赖生物物质性的面庞。当然，对虚拟面庞或虚拟影像的制作其实并非新现象，在一定程度上，自从人类开始进行影像制作就已经开始了虚拟影像的制作，如远古人类对一些精神性图腾的想象性描摹。只是我们在此谈论的重点是数字技术引发的虚拟面庞（虚拟真实）的影像问题，这种数字虚拟面庞与传统意义上的面具式影像有着本质性区别，因为数字面具不再需要任何载体，不再完全依赖于物质实体，数字面具只在一个虚拟的空间中生产着、存在着、传播着，这是一个电子空间，同时也是一个想象的空间。

在以面庞为中心的文化史中，面具与面庞一直都经历着频繁的对话与相互确证，但是在电子媒介的空间中，传统意义上的面具与面庞无论是对立还是互证都已经失去任何意义。因为，电子面庞从视觉上与现实中真实的面庞并无区别，但是电子面庞又确实与现实中任何一个人的面庞都没有一点关系。这种电子面庞与现实面庞的非关联性，将面庞通向人造物的途径引向了一个临时性的终点。诚然，我们确实无法与一个陌生的人造面孔进行对话，更不可能与其像一个熟悉的或是记忆中存在的人的影像那样内在地进行经验性交流。数字技术所制造的面庞影像，属于一种模拟生命的领域，这种模仿并不需要物质世界有一个活生生的原

型与其对应，这种影像远离现实经验世界，以一种新的形式开启了一个人类历史中极为重要的世界，是一个人的身体边界之外的想象世界。笔者认为，莎士比亚戏剧及其电影艺术改编的未来就在这想象的世界之中。

参考文献

阿杰尔，1994.电影美学概述[M].徐崇业，译.北京：中国电影出版社.

爱森斯坦，1998.蒙太奇论[M].富澜，译.北京：中国电影出版社.

伯吉斯，1985.莎士比亚传[M].王嘉龄，译.天津：天津人民出版社.

巴赞，2008.电影是什么[M].崔君衍，译.北京：文化艺术出版社.

德勒兹，2003.电影I：运动–影像[M].黄建宏，译.台北：远流出版公司.

邓烛非，1998.电影蒙太奇概论[M].北京：中国广播电视出版社.

克蒙德，2014.莎士比亚：时代的灵魂[M].韦玫竹，译.合肥：安徽人民出版社.

桂扬清，2010.伟大的剧作家和诗人——莎士比亚[M].上海：上海外语教育出版
    社.

黑泽明，1987.黑泽明自传[M].李正伦，译.北京：中国电影出版社.

麦茨，等，2002.电影与方法：符号学文选[M].李幼蒸，译.北京：生活·读
    书·新知三联书店.

曼威尔，1984.莎士比亚与电影[M].史正，译.北京：中国电影出版社.

马尔丹，1980.电影语言[M].何振淦，译.北京：中国电影出版社.

布尔迪厄，1997.文化资本与社会炼金术：布尔迪厄访谈录[M].包亚明，译.上
    海：上海人民出版社.

米特里，2012.电影美学与心理学[M].崔君衍，译.南京：江苏文艺出版社.

莎士比亚，1995.莎士比亚全集[M].梁实秋，译.北京：中国广播电视出版社.

莎士比亚，1998.莎士比亚全集[M].朱生豪，等译.南京：译林出版社.

斯道雷，2010.文化理论与大众文化导论[M].常江，译.北京：北京大学出版社.

格林布拉特，2007.俗世威尔——莎士比亚新传[M].辜正坤，等译.北京：北京
    大学出版社.

孙家琇，1992. 莎士比亚辞典[M]. 石家庄：河北人民出版社.

索天章，1986. 莎士比亚——他的作品及其时代[M]. 上海：复旦大学出版社.

王维昌，1999. 莎士比亚研究[M]. 合肥：安徽大学出版社.

王佐良，何其莘，1996. 英国文艺复兴时期文学史[M]. 北京：外语教育与研究出版社.

维柯，2008. 新科学[M]. 朱光潜，译. 北京：人民文学出版社.

吴辉，2007. 影像莎士比亚：文学名著的电影改编[M]. 北京：中国传媒大学出版社.

伍蠡甫，胡经之，1984. 西方文艺理论名著选编（上）[M]. 北京：北京大学出版社.

张冲，2009. 视觉时代的莎士比亚[M]. 北京：北京大学出版社.

赵毅衡，2012. 符号学[M]. 南京：南京大学出版社.

ANDEREGG M, 2004. Cinematic Shakespeare[M]. Lanham, MD: Rowman and Littlefield.

ANDERSON R L, 2010. Elizabethan psychology and Shakespeare's plays[M]. Whitefish: Kessinger Publishing.

BRANAGH K, 1989. "Henry V" by William Shakespeare: a screen adaptation[M]. London: Chatto and Windus.

DAVIES A, 1988. Filming Shakespeare's plays: the adaptations of Laurence Olivier, Orson Welles, Peter Brook, Akira Kurosawa[M]. Cambridge: Cambridge University Press.

HANS B, 2011. An anthropology of images: picture, medium, body[M]. Princeton: Princeton University Press.

HOWARD J, 1994. The stage and social struggle in early modern England[M]. London and New York: Routledge.

JACKSON R, 2000. Shakespeare on film[M]. Cambridge: Cambridge University Press.

JORGENS J J, 1991. Shakespeare on film[M]. Lanham, MD: University Press of America.

KAPLAN C, 1986. Sea changes: essays in culture and feminism[M]. London: Verso.

MANVELL R, 1949. The film of Hamlet[M]//The Penguin film review. London: Penguin Books.

MCEACHERN C, 2002.The Cambridge companion to Shakespearean tragedy[M]. Cambridge: Cambridge University Press.

RANCIÈRE J, 2006. Film fables[M]. New York: Berg.

ROTHWELL K S, 1999. A history of Shakespeare on screen[M]. Cambridge: Cambridge University Press.

TAYLOR M, 2001. Shakespeare criticism in the twentieth century[M]. Oxford: Oxford University Press.

THALBERG I, 1936. "Picturizing Romeo and Juliet," Romeo and Juliet, a motion picture edition[M]. New York: Random House.

WELLS S, 2000.The Cambridge companion to Shakespeare studies[M]. Shanghai: Shanghai Foreign Language Education Press.

WRAY R, 2007. Shakespeare on film in the new millennium[J]. Shakespeare, 3(2): 270–282.

后 记

　　本书由张凤琳、朱婷连、孙化显三位作者共同完成。张凤琳撰写前言、第二章第一节、第三章第一节和第四章，共计约5万字；朱婷连撰写第一章，第二章第二、三节及后记，共计约7万字；孙化显撰写第三章第二、三节和第五章，共计约4万字。全书框架由三人集体讨论制定，最后校订和统稿由张凤琳完成。

　　如何阅读莎士比亚一直是学者探讨的话题，在大众文化盛行的今天，阅读莎士比亚已不再限于文本和舞台，还包括银幕甚至电视。莎士比亚电影是一场文本与视觉的对话，经历了文本的基本再现、当代化、艺术化，再到借题发挥。基本再现在保留原作的基础上加入细节处理或独特见解；当代化反映导演对当代的关注，表现莎士比亚的当代意义；艺术化发掘电影的表现手法和探究艺术表现形式的可能性；借题发挥则借用莎士比亚的戏剧的情节、结构等书写自己的故事，如加入童话元素的《狮子王》、演绎现代情感的《西区故事》，前者借用《哈姆莱特》，后者借用《罗密欧与朱丽叶》。莎士比亚电影已成为一种全球现象，越来越多来自不同语言、不同文化的导演正在加入莎士比亚电影摄制的行列，他们在保留原作精髓的同时也把莎士比亚移植到本民族文化传统中。这些优秀的莎士比亚电影让我们看到了文学经典在视觉时代的出路与机遇，通过电影、电视这些表现莎剧的新手段，千百万很少或从不接触剧场演出的人开始注意到这些戏。但艺术家们的大胆想象和创造也让文学研究者质疑："这是莎士比亚吗？""这是莎剧吗？"对这些问题我们不能给出一个完满的答案，但这些改编或重写无疑延续了莎士比亚戏剧的生命，所以我们期待更多伟大的作品诞生。